TARTE
A LA CRÈME
STORY

SAN-ANTONIO

TARTE A LA CRÈME STORY

ROMAN CHEF-D'ŒUVRE

ÉDITIONS FLEUVE NOIR
6, rue Garancière - PARIS VIe

ISBN 2-265-01475-3

J'aime beaucoup la Bulgarie, qui est un pays charmant aux traditions folkloriques pittoresques.

Si j'y ai situé l'histoire de cette tarte à la crème, c'est uniquement parce qu'on y fabrique du yaourt.

J'espère que mes copains bulgares comprendront la plaisanterie.

Cela dit, s'ils ne la comprenaient pas, ça n'aurait aucune importance

San-A.

PREMIER CHAPITRE D'UNE GRANDE BEAUTÉ, TRÈS PERCUTANT, ET QUI DONNE ENVIE D'EN SAVOIR DAVANTAGE.

Alex Andri était ennemi du bruit, et tout particulièrement de celui qui vous agresse salement sitôt que vous actionnez le bouton d'un transistor. Il détestait la musique actuelle, les chanteurs vociférants, la pube miséreuse, et autres déconnes ; pourtant, il martyrisait ses tympans plusieurs heures par jour afin de se contraindre à tolérer l'époque. Comme un prisonnier s'efforce d'arpenter les six mètres carrés de sa cellule pour garder la forme, lui s'obligeait à entendre le vacarme des ondes, histoire de s'aguerrir. Mais de tout son sens auditif meurtri, il regrettait « *Fascination* » et « *O sole mio* », deux airs-clés de sa longue existence.

Alex Andri dirigeait H.E.C. : l'Institut des Hautes Etudes Criminelles dont il était le fondateur, le directeur et l'unique enseignant. Accessoirement, il avait une officine d'imprésario chargée de commanditer des hold-up intéressants, mais cette branche annexe cessait peu à peu toute activité, car les temps devenaient impropres à ce genre d'entreprises, étant donné le manque de correction dont faisaient preuve les malfrats d'aujourd'hui. Alex s'était laissé fabriquer comme un cave à plusieurs reprises par des merdailleurs frais émoulus de centrouse qui avaient appliqué à la lettre ses directives, usé de son matériel, et pris le large sans lui donner de leurs nouvelles, une fois le coup exécuté. Au contact de ces garnements amoraux, le vieux Andri se sentait tourner casserole et faisait de la cellote dans sa taule en délabrance, rognant sur ses besoins pour ménager ses revenus, ne donnant plus que rarement des cours à des jeunots évasifs qui venaient carillonner à son petit conservatoire du crime, plus pour y déterminer leur orientation que pour s'instruire vraiment. Car si Andri avait perdu la main dans pas mal de domaines, du moins avait-il conservé cet œil infaillible qui lui permettait de situer la spécialisation possible d'un apprenti-truand.

Au bout de quelques séances, il lui mettait la main sur l'épaule :

« Petit, je vais te parler en père, le cassement, ce ne sera jamais ton turbin, tu manques trop de réflexes. Par contre, ton calme et ta sûreté de pogne m'induiraient à te conseiller les faux talbins. T'es doué pour le dessin. »

Ou bien, à un autre :

« Tu devrais usiner dans le craquage des coffiots, gars, visiblement t'as des dons pour tout ce qui est serrure. »

Ainsi allait la fin de vie paisible du vieil Andri, dans sa vétuste maison d'Aubergenville qui sentait le moisi et bruissait des mille chuchotis du courant d'air en baguenaude.

Ce jour-là, un matin nonchalant, gris et douceâtre, on sonna à la porte de l'Institut. Le dabe se contraignait à écouter *Choucroute Jérôme* sur Europun ; un énergumène plus épileptique que les autres qui eût été davantage à sa place dans un cabanon que dans un studio d'enregistrement.

Alex baissa les glapissements du dingue, mais des hurlements ne peuvent jamais vraiment faiblir par le simple fait d'une chute de niveau : ils demeurent hurlements.

Le directeur d'H.E.C. s'en fut déboucler sa lourde à un assez bel homme au regard chaleureux et perspicace dont le sourire aisé annonçait qu'il se trouvait bien dans sa peau.

Andri le jaugea, apprécia la personnalité du visiteur et demanda :

— C'est pour quoi ?

— J'aimerais prendre des leçons, annonça le visiteur.

Le Vieux approuva, satisfait. Il entraîna l'arrivant dans une pièce pleine d'humilité et d'humidité et lui désigna un fauteuil de rotin, un tant soit en pas de vis. Lui-même prit place derrière un bureau métallique rouillé aux angles et croisa ses mains en décharnance sur un grand buvard couvert de graffiti machinaux.

— Des leçons de quoi ? demanda-t-il.

Son vis-à-vis le considérait d'un air à la fois amusé et attendri.

— On m'a beaucoup parlé de vous, mais je

connais mal votre cycle d'études, monsieur Andri.

En soupirant, le père Alex tira sur la manette branlante d'un tiroir récalcitrant. Il eut du mal à l'ouvrir, y parvint, et se mit à farfouiller dedans. Il ramena une feuille de papier porteuse d'un texte ronéotypé, qu'il tendit à son « client ».

Ce dernier lut :

Institut des Hautes Etudes Criminelles.

Direction : Professeur Alex Andri, titulaire de seize condamnations, dont cinq en assises.

Cours de :

Vol à la Tire.
Vol avec Effraction.
Lavage de Chèques.
Hold-up.
Recel.

Faux-Monnayage (jusqu'en classe de 6e seulement).

Braquage.

Escroqueries en tout genre.

Détournement de fonds.

Cours préparatoires pour l'entrée en classe de Meurtres à gages.

Attestations d'anciens élèves :

Merci, cher monsieur Andri, grâce à votre enseignement, je sens que ça va chauffer.

Dr. PETIOT

Un grand coup de bada à Alex qui m'a permis d'arriver où je suis.

Pierre LOUTREL
(dit Pierrot-le-Fou)

Toute ma reconnaissance à Alex Andri qui m'a tenu la main pour tracer mes premières encoches sur la crosse de mon P 63.

Jacques MESRINE

Le visiteur lut et approuva.

— Très intéressant, fit-il.

— Laquelle de ces spécialités vous tente ? demanda le directeur d'H.E.C.

— Celle à laquelle j'aspire ne figure pas sur le catalogue, répondit l'homme de charme.

Le Dabe déglutit tant bien que mal. La voix de chacal piégé de *Choucroute Jérôme* lui parvenait depuis la pièce voisine, chiante comme une scie circulaire affrontant un nœud dans le bois.

— Qu'entendez-vous par là ? demanda-t-il d'un ton piteux, car il espérait beaucoup de cet homme bien mis dont les manières n'étaient point celles d'un truand.

Pour éclairer sa lanterne (sourde), le visiteur extirpa de sa poche une coupure de presse sur deux colonnes, au papier passablement jauni (1).

Alex chaussa des lunettes dont les branches plus ou moins disloquées partaient dans tous les

(1) Et je te demande pardon pour ce « passablement » médiocre, moi qui raffole tant des adverbes.

sens comme les jambes d'un pantin de son. Il lut à haute mi-voix : « *La police met fin aux exploits singuliers d'Alex Andri dit « Le Lanceur de poignards* ».

Au lieu de lire l'article dont il se souvenait parfaitement, bien qu'il datât d'une trentaine d'années, Andri interrogea son interlocuteur du regard.

— A cette époque, professeur, vous aviez mis au point une astuce diabolique, fit ce dernier : vous lanciez un poignard porteur d'un message à l'intérieur d'une maison. Sur le message, il était recommandé d'accrocher immédiatement une somme donnée au manche du poignard, lequel continuait d'être relié à vous par un fil de nylon. Si la victime obtempérait, vous haliez le tout. Si elle refusait, vous lanciez alors un second poignard muni d'un explosif et ça pétait dur chez votre bonhomme. Oh ! pas de quoi réduire le quartier en poudre, mais enfin on a enregistré à l'époque pas mal de dégâts corporels autant que matériels. Vous avez réussi cet exploit au moins sept fois avant de vous faire piquer par un passant héroïque. Il y a toujours des Bayard à la traîne.

Alex Andri poussa un soupir capable de fendre le cœur d'un débat. Il sourit au passé, se laissa aller à quelques secrètes évocations, puis hocha la tête et expliqua :

— Je suis un enfant de la balle. Papa faisait un numéro de lancement de couteaux et il m'a appris. Il était très fort. Sa seule défaillance fut quand il planta l'un de ses lardoirs dans la gorge de sa partenaire. Faut dire que ce jour-là, il était pas sûr de ses gestes, l'ayant surprise en train de tailler une pipe au chef écuyer. Moi, j'ai perfectionné la chose à des fins lucratives. La combine était aux pommes. Elle déconcertait le bourgeois. Quand il recevait chez lui la première rapière, il se remuait le fion pour dégauchir le blé réclamé. Evidemment, je ne pouvais pas pratiquer de n'importe où : il me fallait les coudées franches.

— Votre exploit, dit le futur élève, résidait dans la longueur du jet, sa folle précision, et surtout, surtout dans le fait que sa trajectoire n'était pas rectiligne. J'ai lu qu'il vous est arrivé de lancer le lingue de cent cinquante mètres à travers une simple imposte en partie masquée par un obstacle.

— Exact, mon ami. A l'entraînement, je parvenais à des performances supérieures encore. Imaginez que j'arrivais à planter mon outil dans une boîte à cigares située à deux cents mètres dans une pièce très mal éclairée J'aurais pu marcher sur les brisées de mon vieux, mais le circu ne paie pas, et puis il faut la vocation Moi, je suis un sédentaire de nature.

— J'aimerais remettre votre numéro au goût du jour, déclara le visiteur, c'est cela que je voudrais apprendre.

Alex renifla dubitativement à différentes reprises avant de sortir de son gousset une boîte de cachous dont il fit pleuvoir quelques grains dans le creux de sa paume douteuse Il lécha celle-ci sans vergogne.

Là, vous me posez une sacrée colle, fiston

déclara-t-il, en zozotant du râtelier because les cachous.

— Pourquoi ?

— Vingt-cinq piges que je n'ai plus touché à mes saccagnes, mon pauvre ! Mes forces ont mis les adjas. J'ai du carat et mes muscles ressemblent à des souvenirs ; il faut de la force, tu sais, pour réussir ce petit talent de société.

Il se mettait à tutoyer le visiteur, sans trop savoir pourquoi. Ce lui fut machinal, ou plutôt impulsif.

— La force représente la distance, objecta l'homme, ce qui est important surtout, c'est le coup de main.

— Parce que tu t'imagines qu'il n'y a que la main qui entre en ligne de compte, l'ami ? Tout le corps participe, tu m'entends ? De la tête aux pieds.

— Je m'en doute. Et c'est bien cela que je souhaite étudier.

Alex Andri ôta ses lunettes qu'il avait oubliées sur son pif en échine de chèvre. Il défrima une nouvelle fois son visiteur.

— Faudrait d'abord que je me remette à l'entraînement.

— Remettez-vous-y !

— Ça risque d'être longuet.

— J'attendrai.

— En tout cas, ce sera chérot, mon Mec.

— Je paierai.

Nouveau temps mort réclamé par l'arbitre. Le vieil Alex soupesait le pour et le contre. Dans l'immédiat, il semblait trouver le contre plus lourd que le pour. Histoire de se donner le temps de la décision, il demanda :

— T'es pas du mitan, toi, Gamin ?

— Vous croyez ? dit le « client » avec un sourire.

— Et comment que je crois ! Je sais bien que de nos jours les malfrats ont changé de poils, pourtant ils conservent toujours le même regard et tézigue, Bonhomme, tu n'as pas les yeux d'un truand.

— Vous me situez où, en ce cas ? demanda le visiteur.

Alex Andri hocha la tête.

— J'arrive pas à discerner clairement. T'as un vague côté intellectuel, et pourtant on sent que le physique joue un rôle dans ta vie active... Franchement, tu es duraille à retapisser, mon pote ; c'est quoi, ton job, sans indiscrétion ?

— Flic, dit en souriant le visiteur.

Le père Andri ne s'émut pas.

— Ah ! ben voilà, on s'y retrouve. Flic nouvelle école, oui ; c'est con, l'idée ne m'en venait pas... Et le lancement de la rallonge, ça entre dans quelle perspective, pour ton turbin de voyou ?

— Top secret, Maître. Mais oubliez ma noble profession, je suis ici en simple client ; quant au carbure, ne mouronnez pas : je dispose de fonds secrets pour douiller mes fantaisies.

Le vieux Andi pianota son sous-main. Puis il le souleva et y prit une fiche d'inscription.

— Allons-y toujours, Garçon. Mes tarifs sont de cinq cents points la leçon, faudrait voir en m'en carmer six d'avance.

— J'ai l'osier, Grand-père, assura le poulet en ramenant une forte liasse de sa poche-poitrine. Voilà trois mille pions, *made in la Banque de France,* il ne s'agit pas de talbins résiduels récupérés chez des imagiers, d'ailleurs c'est pas auprès d'un expert de votre trempe que je m'amuserais à les écouler.

Le Dabuche vérifia néanmoins l'artiche, de visu et tactu. Puis il l'enfourna presto dans son tiroir magique.

— Banco, fils, je te les porte en compte sur ta fiche d'immatriculation ; à quel blaze dois-je l'établir ?

— Si vous m'inscriviez sous le nom de commissaire San-Antonio, ça la foutrait mal dans vos archives ultra-sélectes, professeur ; je préfère adopter le pseudonyme de Tonio-le-Visionnaire, c'est plus dans le ton.

EXCELLENT DEUXIÈME CHAPITRE, SUPÉRIEUR AU PREMIER, ME SEMBLE-T-IL, MAIS JE PEUX ME TROMPER.

La salle était plus bourrée qu'un mineur polonais un jour de paie. Soirée de grand, de super, d'hyper-gala. Y assistaient, dans l'ancienne loge royale du Théâtre Fédo Dotoradu, l'une des plus belles salles de Sofia, le camarade Siméon Grozob, secrétaire général du Parti, ainsi que son épouse et deux ou trois dignitaires de moindre importance. La venue du cirque de Moscou constituait un événement et le public faisait une queue longue comme la mienne pour applaudir le spectacle, lequel était de qualité, comme le barbier du père Séville, cher au beau Marchais.

Le camarade Grozob suivait cependant la représentation d'un œil distrait. Lorsque nous écrivons, nous, auteur à chevrons, comme les volets des maisons neuchâteloises, qu'il la suivait D'UN œil distrait, nous cernons la vérité au plus juste puisque, justement, le camarade Grozob était borgne. Glorieuse blessure qui remontait aux années de dissidence, quand il guérillérait contre l'allié nazi avant l'arrivée libératrice des Soviétiques.

Borgne donc, Grozob. La chose ne se voyait que dans les gros plans télévisés puisqu'il possédait un œil de verre encore plus expressif que le bon, et en tout cas plus riche de tendresse.

En cette soirée galateuse, le valeureux Secrétaire Général était distrait parce que préoccupé par des esquisses de complot visant son poste, voire, au bout de compte, sa personne. Homme de lutte, il détestait les grenouillages dans l'ombre du pouvoir. Il n'ignorait pas combien sa nature généreuse lui valait d'inimitiés. Pas suffisamment retors ni coulant pour pouvoir demeurer en place à vie. Beaucoup de termites sapaient son piédestal. Il contenait la plupart parce qu'il savait beaucoup de choses sur beaucoup de gens, mais il y avait les autres, les tout neufs, les encore purs sur lesquels il ne possédait aucun dossier. Il avait senti, dans l'après-midi, au cours d'un conseil suprême, que son équipe commençait de se désagréger gentiment. On le regardait avec moins de ferveur, on l'écoutait avec moins d'attention, et même, même, Siméon Grozob avait surpris un bâillement à peine réprimé du camarade Boris Balachoz, son porte-coton depuis un lustre, alors qu'il décortiquait le budget de l'agriculture.

Un tonnerre d'applaudissements l'arracha à sa morosité flottante. Grozob sortit des vapes et réalisa que deux ours blancs habillés en danseuses achevaient de faire des loopings à motocyclette.

Il battit des mains menu, ainsi qu'il sied à un

haut personnage qui ne saurait marquer trop fort son enthousiasme, la réserve faisant partie du self-contrôle d'un homme politique.

Un Cosaque évacua les deux ours. Pendant que l'on démontait prestement leur anneau de vitesse, une horde de clowns déguisés en « Oncle Sam » prirent possession du plateau en vociférant. Ils occupèrent le terrain juste le temps nécessaire à la préparation du numéro suivant.

Ce numéro était celui d'Ivan Dubov, le fameux lanceur de couteaux soviétique. Qu'on te raconte un peu l'en quoi consiste cet exploit de music-hall inconnu en France, ô lecteur de La Garenne-Colombes, de Perpignan, de Saint-Nom-La-Bretèche, de Fécamp, de Caen, de Maubeuge, d'Auxerre, de Bourgoin-Jallieu, de Pont-de-Bauvoisin, du Croisic et de quelques autres lieux non moins estimables où les ouvrages de cette ampleur ont cours et sont reconnus d'utilité publique. Oui : qu'on t'esplique bien. Ecoute, et prends ton temps, Montand, tout ce que tu voudras, afin de tout piger. Ivan Dubov est le seul, tu m'entends ? Le seul, l'unique lanceur ayant mis au point des couteaux-boomerangs. Ses rallonges sont ainsi faites qu'il les propulse à travers la salle, où elles tournoient en des ellipses montantes et descendantes pour s'en revenir ficher là qu'il désire, ce prodigieux, généralement dans une cible placée près de lui et contre laquelle une ravissante fille est appuyée.

Ivan Dubov, lui aussi, mérite d'être narré. Imagine un zig haut d'un mètre cinquante-cinq à tout casser, large d'un mètre soixante-huit, embarbé de roux, chauve comme un poster représentant un œuf d'autruche cuit dur, avec des yeux couleur de rubis, ombragés (comme il est courant de dire) d'épais sourcils flamboyants.

Vêtu d'un pantalon bouffant (car Ivan Dubov bouffe énormément) en satin noir et d'une chemise de soie blanche largement échancrée sur un torse velu, il est un spectacle à lui tout seul. Se montrer, c'est déjà captiver l'attention pour cet homme prodigieusement habile.

Il parut dans le faisceau d'un projecteur orangé (couleur de gloire à son zénith), recueillit sans broncher les applaudissements mis à sa disposition par un public frénétique et attendit qu'ils cessassent pour se foutre au charbon, ce gros con.

L'on avait disposé sur la scène, à sa droite comme à sa gauche, deux panneaux que ça représentait le drapeau soviétique, alors tu vois ! La môme Slava Koussikoussa, sa partenaire en maillot du même rouge merveilleux que le drapeau, vint se placer devant le panneau de gauche, bien plantée sur ses jambes écartées, les mains aux hanches, le sourire tu sais où ? Aux lèvres, oui : t'as gagné.

Devant le second panneau, l'on mit une demi-douzaine de ballons rouges sur lesquels était peint l'aigle américain au croupion déplumé. Près de l'illustre, se trouvait une table gracile, chargée de couteaux.

Ivan Dubov se saisit de l'un d'eux et le fit tourniquer autour de son index, avec la dextérité (plus exactement « l'indextérité ») d'une majorette-cheftaine jouant de son bâton de sergent-major (mais pas majeur, parce que selon moi, il faut être un poil débile pour, enfin, bref, chacun s'accomplit comme il le peut, hein ?).

Après un instant de ce minime exploit qui lui valut de nouveaux bravos, Ivan Duvo (pardon : Dubov) lança son lardoir. Il y eut comme un effet d'hélice argentée dans les lumières. Le couteau partit en tournoyant, monta, freina sa trajectoire circulaire, comme s'il allait s'immobiliser et choir, et puis repartit de plus rechef et revint sur la scène crever l'un des ballons.

The délire !

Imperturbable, le barbu aux yeux rouges prit une seconde lame et la lança droit devant lui. On se mit à hurler dans l'assistance (publique) ; mais au lieu d'aller se planter dans une poitrine, le surin remonta en direction du plaftard, rôda autour du grand lustre éteint, se décida à regagner sa base. Plouff ! Un deuxième ballon creva. C'était stupéfiant (1).

Le sortilège venait de ce que le couteau, lancé, paraissait soudain animé d'une vie propre. Ses changements d'orientation et de vitesse le faisaient ressembler à quelque O.V.N.I. dépêché sur notre miséreuse planète pour tenter de sonder la connerie humaine.

Depuis sa loge, Siméon Grozob, captivé comme tous les spectateurs, oubliait la bande de chacals en shako qui reniflaient ses chausses et

(1) L'auteur de ce prodigieux récit a vu un numéro de ce genre à Léningrad.

bricolaient son destin comme des vers dans un fruit tombé.

Le numéro tenait de la magie.

Toujours impassible, impavide, et barbu (tu penses qu'il allait pas se raser en cours de numéro), Dubov se saisit d'un troisième couteau.

Et c'est alors que l'événement se produisit.

Tout à coup, les lumières de scène s'éteignirent. Ne subsistèrent plus dès lors que les loupiotes de secours. Celle qui se trouvait dans la loge du secrétaire du Parti était d'un bleu pervenche délicat. Un « Hooooo ! » déconfit secoua l'assistance. Siméon Grozob cligna de son œil valide.

— S'agit-il d'une panne de lumière, ou bien cela fait-il partie du numéro, Jétuvomic ? demanda-t-il à son conseiller de gaufre qui l'escortait.

Il n'entendit pas la réponse. Il y eut un bref chuintement, un coup assourdi et il éprouva à la tête un choc qui le priva de toute pensée. Le coup était si rude qu'il faillit basculer en arrière.

Dans la pénombre, son entourage s'inquiéta.

— Que se passe-t-il, camarade Secrétaire du Parti ?

Grozob était inerte, foudroyé. Son épouse, qui voulut le toucher, sentit passer sur son bras le contact glacé d'une chose dure et rampante. Elle poussa une exclamation de coordination et retira vivement sa main secourable. Il y eut une cascade précipitée de menus chocs, puis plus rien. Deux minutes s'écoulèrent. La lumière revint aussi soudainement qu'elle avait cessé.

Sur la scène, Ivan Dubov regardait la salle avec un rien d'hébétude, un couteau à la main, furax que son numéro fût interrompu aussi sottement par une panne d'électraque, merde, ces cons de Bulgares, pas foutus d'assurer l'éclairage d'un spectacle, malgré le Pacte de Varsovie, ces nœuds ! Et quoi encore ! On les prend sous l'aile soviétique, on vient leur donner des représentations formides, et puis : panne de jus ! Y aurait de quoi t'envoyer au goulag (sans goulach) tous les responsables de l'E.D.B.

Ainsi pensait-il, Ivan, dans les grandes lignes et en géorgien.

Mais ses idées changèrent de cours. Là-haut, dans la loge secrétarielle (ex-royale, parfois présidentielle) régnait une grande agitation. Ses occupants se tenaient penchés en rond comme pour une mêlée de rugby. On percevait des interjections. Et des cris, pour ainsi dire. Le général Yogourtositrön qui partageait la loge se redressa soudain et hurla, en désignant le lanceur de rallonges :

— Policiers ! Arrêtez cet homme !

Qu'alors, les trois quarts de la salle quittèrent leurs sièges pour se ruer vers la scène, afin d'obéir aux ordres.

Le général montrait l'un des couteaux d'Ivan Dubov qu'il avait trouvé à ses pieds.

— Attentat ! Attentat ! cria quelqu'un parmi le dernier quart du public.

Allongé sur la moquette grenat de la loge, le Secrétaire reprenait ses esprits. Un vilain trou rose béait dans son visage, le défigurant. Il y porta la main. Son œil de verre avait disparu !

— Mon œil ! Mon œil ! glapit Siméon Grozob.

Son épouse, qui était d'esprit religieux, fit la faucille et le marteau sur sa poitrine, afin de remercier Marx et Lénine d'avoir préservé la vie de son mari. Les dignitaires se foutirent en quatre (pattes) pour tenter de retrouver l'œil bidon.

L'un d'eux actionna son briquet pour mieux étudier les recoins. Le chef de la police politique nota mentalement qu'il s'agissait d'un briquet de fabrication occidentale et se promit de faire arrêter son collègue le lendemain histoire de lui recueillir quelques aveux, vite fait, sur le gaz.

Ces messieurs eurent beau chercher, l'œil demeura introuvable. Le général expliqua que, fort heureusement, le couteau avait frappé le Secrétaire avec son manche. Sous le choc, l'œil avait choisi la liberté et giclé dans la salle.

— Retrouvez-le ! Retrouvez-le ! intima Grozob, tous ceux qui ne le retrouveront pas seront fusillés !

Ce fut l'effervescence. Le rush ! La ruche !

Si on ne le retrouve pas, je suis perdu, se dit le Secrétaire Grozob avec une espèce de calme glacé.

On ne le retrouva pas.

CHAPITRE TROISIÈME QUI VAUT SON PESANT DE CE QUE T'AIMES.

— Vous l'avez désinfecté, au moins ? demande le Vieux.

— Dans de l'alcool à quatre-vingt-dix, monsieur le directeur.

Satisfait, le Vénérable fait rouler l'espèce de monstrueuse agate sur son sous-main. C'est vachement surréaliste, un œil sur un buvard.

— Mathias est là ?

— Dans l'antichambre, monsieur le directeur.

Le Daron se redresse pour plaquer son dos à son fauteuil. Il me défrime gravement.

— Voici un très bel exploit, mon garçon, je vous en fais compliment !

Chère baderne ! « Son garçon » s'incline sous le poids des lauriers.

— Vraiment, la chose paraissait irréalisable, déclare-t-il, voulez-vous que je vous dise, San-Antonio ?

Disez, disez, révéré Boss, répond mon regard.

— Mine de rien, cette mission est l'une des plus réussies que vous ayez à votre actif.

— Merci, monsieur le...

— Et je pèse mes mots !

Bon : il pèse ses mots. Tu te rends compte ? J'attends la fin de la pesée.

Le Vieux fait comme ça :

— Ce fut difficile, n'est-ce pas ?

— Disons délicat, monsieur le...

— Et périlleux !

— Assez, monsieur le...

— Sans parler du temps de préparation.

— Trois mois d'entraînement à raison de quatre heures par jour.

— Cette idée des couteaux ! Qui vous l'a soufflée ?

— Mon minuscule cerveau, monsieur le...

— Racontez-moi, racontez-moi tout, par le détail, le menu et aussi dans les grandes lignes !

— Eh bien, donc, le problème qui m'était posé se résumait ainsi : arracher son œil de verre à un personnage inapprochable. Par conséquent, il convenait d'agir à distance. Le hasard a fait qu'en aidant maman à débarrasser notre grenier pour y faire aménager une chambre à Antoine, notre marmot d'adoption, je sois tombé sur un vieux journal. La Providence a voulu que mon regard se pose sur un article relatif à l'arrestation d'un escroc nommé Alex Andri... En lisant l'astuce de son système d'arnaque, j'ai eu le déclic. Le bonhomme m'a appris à lancer le couteau dans les pires positions et m'en a inventé un à ventouse-cureteuse. Je suis parvenu à accomplir des prodiges avec cet instrument. Lorsque je me suis senti sûr de moi, je suis parti pour Sofia où j'ai attendu l'instant propice. Il allait m'être offert assez rapidement, grâce à la venue du cirque de Moscou. L'un des numéros-chocs résidait dans le lancement de couteaux-boomerangs. Quelle meilleure occasion ! Travestis en machinistes, nous étions dans les coulisses, Béru et moi. Les Russes nous prenaient pour des Bulgares et les Bulgares pour des Russes. J'ai choisi mon angle de lancement, Béru s'est porté aux commandes électriques. Quand le fameux Ivan Dubov a eu chauffé l'assistance, à un signal convenu, Béru a éteint. J'ai lancé mon outil dans l'œil artificiel de Siméon Grozob. La ventouse-cureteuse a rempli son office. Ne me restait plus qu'à haler le couteau en tirant sur mon fil de nylon fixé au manche ; puis à jeter dans la loge l'un des couteaux de Dubov, afin de faire croire à un attentat raté ou à une fausse manœuvre de sa part. Ma ruse a si bien joué que ce pauvre Ivan est « entendu » par la police de Sofia depuis la brillante soirée.

Le Vieux rit à plein râtelier.

— Coup de maître, San-Antonio ! Coup de maître ! Travail d'une propreté scrupuleuse, soigné ! Pas de traces ! Aucun soupçon. Et l'œil est là ! Vraiment, vous l'avez désinfecté, n'est-ce pas ?

— Ç'a été mon premier soin, monsieur le...

— En ce cas, faites entrer Mathias.

Le Rouquemoute poireaute dans cette espèce d'antichambre qui n'en est pas une puisque l'escalier y débouche, ainsi que l'ascenseur. Disons qu'il s'agit d'un vaste palier meublé d'un canapé de cuir noir râpé à trois places, d'une table basse supportant des revues de police technique et de deux fauteuils plus qu'harassés. Ce qu'il y a de plus tragique dans ce *no man's land,* c'est la lumière. Celle du jour parvient d'une verrière grisâtre et poussiéreuse, celle de remplacement est apportée chichement par un globe laiteux, au fond garni de mouches défuntes, voire de papillons dont on se demande bien ce qu'ils sont venus foutre, eux si légers et frivoles, dans ce bâtiment neurasthénien.

Mathias met un peu de soleil en ce lieu de basse tragédie grâce à sa chevelure flamboyante. Il porte un costar bleu-chiasse, une chemise grise, une cravate noire, des godasses qui ont l'air d'être en croco, mais qui ne sont que surmenées. Il attend avec confiance, dans l'honneur et dans la dignité ; attend avec onction, componction, tout ça, assuré de vivre un beau moment de sa carrière consciencieuse. Père d'une abondante progéniture sans destin envisageable, marié à une épousâtre qui le surveille, le brime, le houspille et lui réserve les sous-besognes ménageuses, il n'attend rien d'autre de l'existence que le bonheur de bien travailler, plus quelques avantages au plan pécuniaire et — qui sait ? — social.

Je lui virgule un signe qui le meut instantanément. Il pénètre dans le saint des saints comme tu entrerais chez la Vierge Marie avant d'avoir eu le temps de te débarrasser de tes péchés, raide, mais la tête inclinée, offert aux instances supérieures.

Le Vieux le regarde à peine, le salue d'un

raclement de gorge qui n'est pas perdu puisqu'il lui permet de clarifier sa voix.

— Monsieur le directeur ! Mes respects respectueux, monsieur le directeur...

Le Vieux a un geste de semi-agacement qui, en tout cas, signifie : « Reposez... arme ! ». Mathias se tait.

— Asseyez-vous ! enjoint Achille.

Eperdu, le Rouquin dépose un huitième de son cul navrant sur le bord d'une chaise, la plus modeste qu'il ait pu trouver en cette pièce glorieuse.

— San-Antonio m'affirme que vous êtes un garçon compétent et plein d'astuce, dit le Vioque.

Mathias manque s'étaler au sol. Il blêmit sous le son recouvrant sa figure. Voudrait dire, y renonce. Un simple couac de tanche comprenant qu'elle ne retrouvera jamais plus son élément naturel et qui crie « merde » en tanche.

Le Dabe continue :

— Ce que je vais vous confier est d'une gravité indicible.

Merde : indicible ! Faut trouver des mots pareils, non ?

Le Daron me visionne par-dessus son regard, comme on regarde de près par-dessus des lunettes faites pour voir de loin.

— On peut tout lui dire, mon petit ? demande-t-il.

— Mathias est un second moi-même, réponds-je, puisqu'on est entre ganaches.

Le Rouillé me coagule un regard de chien de berger qui s'est cassé la patoune et qu'on vient d'affubler d'une attelle (ou d'une éclisse, si tu préfères, mais alors c'est pas remboursé par la Sécu).

— J'en prends note, reprend le Vénérable. Or, donc, en deux mots commençants, pardon : comme en sang, je veux dire « comme en cent », voici ce dont il s'agite avant de s'en servir, Mathias. La Bulgarie, vous ne l'ignorez pas, ou alors vous n'avez rien à foutre dans mes services, fait partie des pays alignés. Le Secrétaire très puissant du Parti est un certain Siméon Grozob qu'on connaît peu en France, parce que chez nous, sorti de Baudouin et de la reine d'Angleterre, on ne connaît personne. Ce Grozob est en défaveur à Moscou, et aussi dans son propre pays où son action est jugée un tantisoit déviationniste. Bref, il y a lurette qu'on aurait envoyé sa cervelle chercher une balle perdue dans quelque cul-de-basse-fosse ou qu'il serait interné dans un asile psychiatrique s'il ne détenait un secret capital concernant l'U.R.S.S. Vous me suivez, Mathias ?

— Papapassionnément, directeur le monsieur ! flatouille Mathias.

Le Vieux m'envisage.

— Il me suit, oui ?

— Pleinement, monsieur le...

— Parfait.

Pépère fait une chose qui lui arrive rarement. Il recule son fauteuil seigneurial, croise les jambes et passe son pouce droit dans l'entournure biconvexe de son gilet.

— A partir de là, il va falloir m'ouvrir toutes grandes vos oreilles décollées, mon cher

Mathias, dont, entre parenthèses, vous devriez raser les touffes de poils roux qui en jaillissent, ça fait désordre. Au fait, ça ne vous gêne pas d'être rouquin ? Non ! Tant mieux. Je passe à l'élément capital de l'affaire. Nous sommes quelques-uns à nous être demandé pourquoi, puisqu'il est détenteur d'un secret, les Russes ne le neutralisaient pas. D'une étude serrée, il a résulté que ce secret, Grozob l'a déposé en lieu sûr, sinon vous pensez que nos copains popofs, hein ? Ben voyons ! Mais où ? Les services secrets soviétiques, américains, britanniques, israéliens et autres ont tout fait pour tenter d'en avoir le cœur net ; mais fume ! Et c'est un petit trou-de-balle de Français, vous m'entendez, Mathias ? Un petit zigoto payé au smig qui a eu le fin mot sans rien chercher, et pour cause. Ce type est allé passer ses vacances en Bulgarie, je vous demande un peu ! Des vacances ! Ça vous situe le gars, non ? Dites, ouvrez la fenêtre, mon vieux, vous sentez ! Hein qu'il sent, San-Antonio ? Tous les hyper-rouquins ! Le fort, la ménagerie. C'est pas de leur faute. Et pourtant ils se lavent. Hein, Mathias, que vous vous lavez bien ? Un bain par jour, n'est-ce pas ! Je sais : j'ai eu une maîtresse rousse. Une affaire du tonnerre de Dieu, mais qui fouettait. Un vrai petit fauve ! Bon, reprenons... Mon trou-du-cul smigard, en vacances. Ce connard furtif, entre autres sales défauts, dont celui d'être pauvre, a celui de fumer. Vous pensez ! A Sofia ! On a trouvé du « H » dans ses bagages. Un smigard, du « H » !

Je ris !

Il rit.

Repart aussi sec :

— Mathias, vous devriez aller chez un grand parfumeur du faubourg Saint-Honoré, demander un déodorant corporel pour rouquin, ça existe. Je connais une prostituée rousse qui en use. Certes, il faut une pulvérisation toutes les deux heures, mais c'est très efficace. Vous n'oublierez pas ? San-Antonio, vous le lui ferez mettre sur une note de frais, à la rubrique taxi. Où en étais-je ? Ma petite putain rousse ! Une affaire ! Hors de prix, la gueuse, mais l'affaire du siècle. La seule qui réussisse l' « i » grec lubrique sans vous faire casser la gueule ; mais il faut voir son entraînement ! Tout s'acquiert au prix de mille difficultés, c'est la loi de la vie. Donc, mon smigard est appréhendé par la police bulgare, jeté dans un derrière-de-basse-fosse. Là, il se retrouve en compagnie d'un prisonnier exténué, n'ayant plus d'humain que la silhouette et une ombre de voix. Le petit Français s'inquiète du sort du malheureux. Mais la conversation est sommaire : l'un ne parlant que bulgare, c'est-à-dire ne parlant à peu près pas, et l'autre le français d'Aubervilliers.

Le Vieux ricane.

— Vous me suivez, Mathias ?

— Très bien, monsieur le...

— Bon, alors suivez-moi sans remuer les pieds, de grâce, car vous devenez intenable, mon vieux. Je suis un douloureux de l'olfactif, moi. La moindre senteur m'agresse. C'est tout de même insensé de puer pareillement ! Je continue. Mon petit titi-fumeur-de « H » est démerde, smigard, drogué, mais parigot. Quelle méthode de communication parvient-il à mettre au point, la chose n'est pas précisée, le fait est qu'il y parvient. Le voici qui questionne son compagnon d'infortune. Et celui-ci de lui expliquer qu'il est interné depuis une quinzaine d'années. Il appartenait à la police secrète du Parti. Un jour, il a reçu l'ordre d'aller abattre un certain Razpeï, prothésiste oculaire de son état. Il s'est acquitté de sa mission. Au retour, il a été arrêté, accusé de meurtre et jeté en prison. Il y moisissait, depuis lors, dans l'attente de son jugement. Officiellement, il se trouvait en prévention. Ne voyait jamais personne. Si on lui a octroyé ce compagnon, c'est sans doute parce que le Français ne pouvait parler avec lui.

Le Vieux jubile.

— Attendez, Mathias ! Attendez, mon garçon ! Mais soyez gentil : si vous voulez que je poursuive, éloignez-vous un peu de mon bureau, je vous prie. Pas de beaucoup : trois ou quatre mètres, je commence à être incommodé sérieusement. Je ne comprends pas qu'on ne fasse rien pour les rouquins, voyez-vous. Et vous San-Antonio ? Ça ne vous indigne pas qu'on laisse ces malheureux fouetter en silence ? Il y a à faire, mes amis ! Oh ! là là ! ce qu'il y a à faire pour améliorer la condition humaine ! Tenez, je vous prends l'aéronautique, par exemple, vous trouvez normal, vous autres, qu'on passe plus de temps dans les aéroports que dans les avions ? Il y a quelque chose qui ne cadre pas, hein ? Eh bien, pour les rouquins, c'est pareil. Ça possède une belle gueule, un rouquin, non ? Ça a du caractère. Et alors, pourquoi ça pue pareillement ? Je vous disais donc, mon petit smigard... Il a tiré quelques mois dans les geôles bulgares, très bien. Heureusement pour lui, il était inscrit au P.C. français, ce qui lui a valu une relative indulgence. En sortant de prison, il s'est rendu au consulat de France, pour son rapatriement. Là, il a narré son aventure au vice-consul, lequel, en homme astucieux, a adressé, à tout hasard, un rapport au Quai. Le Quai a transmis aux Renseignements Généraux. Cet épisode, en apparence assez banal, a fait tiquer un responsable. Le Département Noir s'est livré à une enquête à Sofia, et a pu établir que c'est le prothésiste oculaire Razpeï qui avait fabriqué l'œil de verre de Siméon Grozob. A ce stade, je suis entré dans le circuit. Moi, vous me connaissez, mes drôles ? Omniprésent. Indispensable. Dieu le père ! Trait de génie. Je comprends lumineusement que le secret de Grozob réside dans son œil de verre. Suivez mon raisonnement : on assassine le prothésiste, sitôt qu'il a achevé son boulot, et puis on embastille son assassin, pas trop que l'histoire s'ébruite. Pour lors, je me mets à phosphorer, moi, Mathias, sur la façon dont on pourrait s'emparer de cet œil. Parce que je ne pue pas, moi, Mathias : je réfléchis !

Il cueille la boule de verre et la lui présente comme on dut présenter à Marie-Antoinette le fameux collier qui devait tant faire chier Louis XVI.

— Et la conclusion de mes réflexions, mon ami, la voici ! L'œil ! L'œil de Siméon Grozob ! Ici ! Entre mes doigts On l'a désinfecté, rassurez-vous. Un truc qui sort d'une orbite communiste, vous pensez ! Je vais vous le remettre, Mathias. Oui : à vous. Et vous allez lui arracher son secret. A première vue, si je puis m'exprimer ainsi à propos d'un œil, il n'a rien de particulier. Et pourtant il recèle quelque chose de capital. Vous devez découvrir ce quelque chose ! Absolument ! Je reprends : ab-so-lument ! Bien reçu ? Cinq sur cinq ? Je vous interdis de faire quoi que ce soit avant d'avoir réussi, vous me comprenez, Mathias ? Défense de baiser votre femme, de déféquer, de regarder la télévision, quand bien même il y aurait Guy Lux. Vous travaillez là-dessus, à corps perdu. Dois-je répéter ou c'est compris, admis ?

— J'ai parfaitement compris, monsieur le..

— Parfait. Prenez l'œil. Attendez : je le dépose dans ce cendrier et je me reculerai pendant que vous le saisirez. Dites-vous qu'à compter de tout de suite, j'attends votre rapport, en m'étonnant de ne pas l'avoir encore reçu. Si vous m'apportez la solution franche et massive dans un laps de temps record, je vous récompenserai, mon garçon. Qu'est-ce qui vous ferait plaisir ? Hmmm ? San-Antonio, vous qui le connaissez, qu'est-ce qui lui ferait plaisir ?

Je souris.

— Ma foi, monsieur le directeur, la boutonnière de Mathias est vierge et...

— Vendu ! écrie le Boss. Les palmes ! Il les aura. Vous aurez les palmes, Mathias. Mais ne comptez pas sur moi pour vous les remettre : vous sentez beaucoup trop fort pour que je me risque à vous donner l'accolade !

CHAPITRE QUATRIÈME, QUI DIT BIEN CE QU'IL VEUT DIRE, MAIS QUI N'EN DIT PAS LONG. ENFIN, L'ESSENTIEL C'EST QUE CE SOIT SALINGUE, NON ?

Le saxo est un instrument de clown et c'est pour cela qu'il m'émeut. Ses sonorités vous gratouillent l'âme. On pense à des lumières, à des instants de liesse précaire. A un tohu-bohu.

J'écoute le lamento d'un saxo dans une venelle de Venise, pas trop éloignée du théâtre de la Felice. La venelle débouche sur une plus vaste artère dont j'ai oublié le nom, mais attends-moi là, je vais le rechercher sur le Guide Bleu (des Vosges Gazé)..

....

Ici s'intercale une brève absence du maître.

....

Voilà ! C'est la Calle Larga XXII Marzo. Faut pouvoir mémoriser ce blaze, hein ? Elle est ma préférée de la Cité de Casanova. J'aime ses dimensions, la qualité des magasins qui la bordent, les dalles de pierre sur lesquelles vont et viennent les chiens du quartier, porteurs de grosses muselières qui font songer à des supplices antiques. Des boutiques d'antiquaires, principalement. Quelques-unes qui vendent ces saloperies de verre dont le touriste est ébloui. Le verre est une matière que je hais, exception faite pour quelques peintures naïves du 17e exécutées sur vitre.

Je stoppe devant la librairie qui limite la rue, là où l'on ne vend que des bouquins anciens, aux reliures vénérables, des estampes, des masques vénitiens, du passé noble, quoi. Dans la vitrine s'étale un plan de Venise, du seizième siècle, je crois. Constellé de taches brunes. Le papier supporte mal les ans, bien qu'il soit fait de bois. Les quatre points cardinaux sont indiqués. Touchants caractères un peu biscornus. Tiens, la partie texte est rédigée en français. Je me mets à composer des anagrammes. *Rond, tes, dus, soute !* Marrant. C'est traduit de : *Nord, est, sud, ouest* par Sana, l'esprit agile de ce siècle ! A côté du plan, une gravure extraite d'un bouquin botanique représente le liseron. Et je sais que ma Félicie d'amour raffole du liseron (je meurs où je m'attache). Alors j'entre. Une dame, pas plus aimable que si elle était française, m'indique le prix. J'acquiesce. Elle va dégager la planche (coloriée main) de la vitrine.

Dans le magasin il y a un couple. Des élégants. La trente-cinquaine. Lui, un blond châtain ondulé, est abîmé dans un gros book à couverture de maroquin lie-de-vin. Elle, elle attend, assise (comme saint François d'), avec l'air de s'ennuyer poliment. Très ravissante personne, brune, le regard bleu, fringuée avec un bon goût bourgeois.

Pendant que la marchande me confectionne

une sorte d'espèce de paquet, nos yeux se croisent, à la dame et à moi. Et alors, je vais te dire, c'est véry insensé, peu courant, foudroyant ; en une seconde ce double regard devient lubrique. Tel que je te cause. La jolie madame qui attend son jules doit être un peu nympho ou autre, car elle me viole d'une œillée en coup de fouet. Et mézigue, cette véhémente regardée me dégringole séance tenante dans les parties académiques. J'en hisse le grand pavois, le gros pâmois, aussi sec ; que mon matériel de tringleur doit ressembler, de profil, à un canon de D.C.A. On se précipite à notre rencontre, elle et moi, par les yeux. Une pareille intensité me fait mal.

Et un chagrin me prend. La révolte du scoubidou farceur. Je me dis : « C'est pas possible ! Je vais allonger mes lires, prendre mon pacsif et sortir ! Non , non, non ! »

Mais quoi ? Dans la vie, y a cette chierie contraignante qu'on nomme les convenances. Les plus élémentaires interdisent à un mec de se jeter sur une dame flanquée de son époux. Alors ?

Je chope mon stylo. Un morceau de papier traîne à terre. Je le cueille. J'écris en hâte et en imprimés : *Gritti Palace chambre 328.*

Et maintenant ?

La dame continue de me fixer. Oserai-je lui tendre ce bref message ? Impossible ! Tu vois pas qu'elle se mette à protester ? A écrier des « Mais quoi, mais qu'est-ce, bougre de sale individu ! » Et à le crier en italien moderne ! T'as des gerces qui aiment aguicher un lavedu et, quand elles l'ont ferré, le traiter de satyre

Mon paquet est prêt.

— Grazie, signora.

En emparant la gravure emballée, je dépose le bout de papier sur une table chargée de livres, devant la dame assise. Ensuite je sors vitement, sans échanger d'autres œillades.

***

Le loufiat d'étage m'apporte un *Pim's Number ouane.* Dans les cas d'exception, il constitue ma boisson d'apparat. C'est pas le goût qui me séduit, mais les couleurs L'écorce de concombre, l'orange, la tige de menthe fraîche, la cerise confite, t'as l'impression de boire un jardin.

J'attends sans espoir, et pourtant quelque chose me dit qu' « elle » viendra.

Cela fait deux heures que j'ai regagné mon hôtel. On entend jacasser des gondoliers, en bas. En face de moi, il y a les toits de Venise, ponctués de minuscules terrasses fleuries, un peu bricolées, certes, mais tellement romantiques Un gros mec torse nu arrose des plantes en pots avec un arrosoir minuscule.

Je bois mon *Pim's.* Je suis en robe de chambre car j'ai pris une douche. J'ai branché la radio et une chanteuse ritale y va à fond la caisse.

Cette attente a quelque chose de stupide. De vain D'un peu humiliant aussi. Tu penses que la gonzesse saboulée bourgeoise ne va pas prendre un tel risque ! Et pourtant ma camarade bibite, qui n'a pas oublié le double look, me conjure d'attendre. Tu ferais quoi, toi, à ma place ? Mon comportement est d'autant plus sot, grenu et saugrenu, que j'ai du boulot, moi. Un rancard important Campo San Maurizio, avec le signor Influenza. Voilà au moins une plombe que j'aurais dû caracoler jusqu'à son appartement pour un entretien de la plus haute importation

Un pigeon dodu vient se jucher sur l'appui de ma fenêtre. Son territoire, à cézigue, c'est pas la place Saint-Marc, trop fréquentée par les autres colombins, mais les quartiers huppés, discrets, là qu'on trouve des miettes de croissant sur les terrasses.

Je lui souris. Première fois que je souris à un pigeon. Il me regarde sans s'émouvoir. Et alors je perçois le gling-gliiiiiing de la sonnette à deux tons.

Je fonce délourder. Juste avant, je plaque de la main mes cheveux décoiffés sur l'arrière par le dossier du fauteuil.

Banco !

C'est elle. Telle qu'au magasin

On ne se dit pas un mot Elle entre rapidement, peu soucieuse de s'attarder sur mon paillasson.

Elle fonce jusqu'au plumard D'un geste elle dégrafe sa jupe. Ne porte rien en dessous Déboutonne son corsage Ne porte rien en dessous autre que ses deux admirables seins Elle s'assied au bord du lit, ouvre impudiquement ses jambes aussi parfaites que le reste, et elle attend en me regardant d'un air, je te jure presque pathétique Moi, je me débarrasse d'une haussée d'épaules, de ma robe de chambre. M'approche somnambuliquement et l'engouffre sans crier gare ni quoi que ce soit. Pas un mot préalable. Pas une caresse liminaire. Tout ça est d'une brutalité inouïe, et même inouise, tout en demeurant dans une vague improbabilité. En état second, tu piges ? Et je la aime aussi fort que possible. A grandes féroces tringlées rurales. Je la aime comme un taureau aime une vache en rut. Quel étrange abandon dans cette frénésie de la chair ! Ce qu'on est beaucoup de choses, tout de même ! Quelle pure merveille sensorielle ! Ya yaaaa ! Je m'auto-ravis : On est là : elle, si magistralement inconnue et totalement ardente, moi, si concomitant. Hardi, les gars ! Haut les culs ! Taïaut, taïaut !

C'est la baise intraitable. Mort, où est ta victoire ? qu'il questionnait, Roll Mops. Je prends cette personne en grande fougue, comme elle est venue, sans un son. On se développe dans les azurs. On voltige loin de nous. On s'épanouit. On explose. En même temps, comme toujours dans une super-bourrée hors compétition... Ensuite, on traverse la période d'abattement indicible. On se sent épuisés et bénis. Poliment, je la laisse passer. Je voudrais lui expliquer que la salle de bains est là où elle se trouve, mais dis, l'appartement 328 du *Gritti* c'est pas Chambord. Note que c'est mieux par le confort, mais de plus modestes dimensions. Elle se relève. Elle ramasse sa jupe.

Une fois sortie de la chambre, je perçois des froissements d'étoffe. Ensuite un claquement de porte. Quoi ? La petite fougueuse serait-elle partie sans me dire au revoir ni se rafraîchir ? Je bondis. Textuel. Elle a négligé la salle d'eau

Tout se sera passé sans que nous échangions un seul mot, tu m'entends ? Pas de paroles l'acte !

Elle est venue, elle est partie. J'ignore tout d'elle, jusqu'à sa nationalité. Je ne la reverrai probablement jamais. Elle était là, sous moi. Et maintenant ne reste qu'un subtil parfum et une tache de foutre. Ce qu'on est peu de chose !

***

Sa femme vient m'opener.

Une petite grosse aux cheveux blanc-bleu frisottés. Bon ton, bonne bouffe. De la mousta che, mais blonde. Le regard incisif mais fuyant Elle traîne des odeurs de parmesan et de poissecaille.

— Si : le signor Influenza est rentré. Ma il est à table.

— J'avais promis de venir plus tôt, non ? Je lui débite des excuses fignolées. Un empêchement : ma voiture bloquée dans un encombrement, place Saint-Marc.

Elle n'apprécie pas et renfrogne

— Je vais voir si le signor Influenza peut vous recevoir maintenant.

Il peut.

Se pointe, en manches de chemise, bretelles, pantoufles, en extrayant de ses dents des molécules de seiche à la vénitienne. C'est un petit gros pas joyeux, très brun, coiffé plat. Soucieux Sa femme qui le fait chier ? Sinon quoi d'autre ?

Il paraît en parfaite santé et doit bien gagner son bœuf si je m'en réfère à son appartement confortable

— Commissaire Sanantonio (1) de Parigi, me présenté-je.

Il a une courbette et son regard se fait inquiet.

— Je viens pour une consultation, signor Influenza.

Vive surprise de l'intéressé.

— Mais, je ne suis pas dottore, objecte l'homme en glaviotant, façon Béru, un morceau de seiche qui constituerait un repas valable pour deux fourmis rouges dans la force de l'âge.

— Vous êtes mieux que cela, m'empressé-je. Votre réputation a dépassé les frontières de la chère Italie.

La flatterie porte toujours ses fruits, le bonhomme se décrispe un tantisoit et un projet de sourire fait frémir sa bouche. Il ressemble à Dario Moreno, l'impérissable interprète de « La Marmite »

Pour lors, il me désigne une chaise garnie de satin violet qui comblerait des hémorroïdes épiscopales.

J'en use, croise mes jambes légèrement fourbues par le coït à haute fréquence auquel je viens de participer

— Monsieur Influenza, reprends-je, vous

(1) Sanantonio, en un seul mot, c'est comme ça qu'ils m'écrivent, chez Arnoldo Mondadori, mon éditeur italoche, que tu crois qu'il m'enverrait un mot, ce mec, moi qui raffole tant de l'Italie ! Tiens, fume ! J'ai seulement jamais reçu une cartolina de lui Si je ne voyais pas les traducs, je me demanderais s'il existe

fûtes l'un des plus remarquables travailleurs sur verre de Murano. On vous doit, entre autres chefs-d'œuvre, une reconstitution du Palais des Doges, le buste du maréchal Staline, la Naïade au poulpe, qui figure au Musée de Tokyo, la statue de Pinocchio et une course de gondoles sur le Grand Canal, exact ?

— Fantastico ! fait mon interlocuteur, tout à fait épanoui, comment savez-vous tout cela, Signore ?

— Comment sait-on que la Joconde est au Louvre, Bruxelles en Belgique et que le président Carter était marchand de cacahuètes, mon cher ?

Je fais claquer mes doigts.

— La célébrité se propage comme les ondes hertziennes. Ce qu'il y a de particulier, dans votre cas, c'est que, parvenu au faîte de votre gloire en verre filé, vous avez brusquement bifurqué dans une voie inattendue. Vous étiez un artiste d'ornement, si je puis dire, une profonde modification s'est alors opérée en vous et vous êtes devenu, en très peu de temps, artiste ès prothèse.

— Si, un accident banal est à l'origine de

— Je le connais, signor Influenza Votre beau-père, qui travaillait comme perceur de macaroni dans une usine de Mestre, s'est foutu, comme un con, l'une de ses mèches dans l'œil droit, perdant irrémédiablement celui-ci

— C'était le gauche, signor, me prend-il en défaut ; mais avec beaucoup de mansuétude à la sauce tomate

— Pardonnez mon erreur, signore

— Ce n'est pas grave.

— Donc, votre beau-père perdit l'œil gauche et après traitement, on lui confectionna un œil de verre. Seulement l'iris du cher papa de votre admirable épouse était si particulier qu'on se montra infoutu de lui reproduire le même.

— Une saloperie, signore ! s'indigne rétrospectivement mon hôte

— C'est alors que vous entreprîtes de lui en faire un vous-même, reprends-je, et ce fut une telle réussite, une perfection si absolue, qu'à l'hôpital ophtalmologique on cria au chef-d'œuvre Le professeur Ochiali da Sole, de la Faculté de Parmesan, dont les travaux font autorité dans toute l'Europe, vous supplia de vous consacrer à cette tâche combien délicate qu'est l'œil-bidoni, que nous appelons, chez nous, en Francerie : le lampion-bidon. Et vous, conscient de l'apport que vous alliez faire à la science colmatrice, vous acceptâtes ! Délaissant vos œuvres d'art : pont des soupirs, éléphants roses, et autres charogneries du genre, vous consacrâtes dès lors tout votre beau savoir à la réalisation de prothèses oculaires Et depuis, mon cher signor Influenza, depuis, quel chemin ! On s'arrache vos yeux. Les plus grands de ce monde font appel à vous. Dans les milieux bien informés, on n'ignore pas que l'œil de verre de la Reine d'Angleterre est votre œuvre , de même que les deux de notre grande artiste Dalida. Bravo !

Je me lève et vais lui donner l'accolade, ce qui ne le laisse pas indifférent, à preuve, il me propose un verre de Martini Bianco

Ce grand vibrato émotionnel dissipé, je sors une petite boîte en carton de mon gousset.

— Les Services Secrets Français ont besoin de vous, signore.

J'extrais de son emmitouflage d'ouate rose l'œil de verre capturé sur le beau visage de Siméon Grozob.

Car le moment penaud est venu de t'avouer quelque chose, mon larron : le gars Mathias n'a rien décelé de suspect dans cet œil. Il ne recèle aucun microfilm, pas la moindre formule n'y est quelque part gravée. Le rouquin, pendant des heures, des jours, des nuits, est resté enfermé dans son labo avec cette boule de verre sans lui arracher son secret, si secret il y a. C'est un être exténué, indécorable qui a fini par me rendre le trophée, en s'avouant vaincu.

Je te passe la rogne, la ragne, la gragne et la grogne du Vieux ! Ses stances au malsort ! Sa tirade sur notre incurie romaine ! Sarcasmes féroces ; déclarations flétrisseuses. La lyre !

— Tenez, vous vous en ferez une breloque ! m'a-t-il dit en me balançant l'œil de verre à travers la hure.

J'ai ramassé la mirette-ersatz à Siméon, l'ai glissée *in my pocket.* Me suis enfui à tire de Maserati jusqu'à l'*Auberge du Cerf Empaillé,* dans la forêt de Rambouillet, en compagnie d'une pétroleuse que j'ai vergée pendant quarante-huit heures d'enfilée. A l'issue de quoi, une idée m'est venue, ultime. L'opération dernière chance. Le test du désespoir. Gros risques, peut-être, mais j'en fais mon affaire

Et après documentation, me voici dans le

salon du signor Influenza, prince de l'œil de verre.

Je lui tends la chose, il la prend dans le creux de sa main d'artiste, l'y fait rouler doucement, comme une pépite dans le sable aurifère que contient le fameux plat du chercheur d'or.

— Travail assez banal, signore, il m'annonce en assortissant d'une moue dégobillatoire.

— Peut-être, monsieur Influenza, toujours est-il que je viens vous demander de me reproduire cet œil à la perfection. Je veux que vous me réalisiez le même, comprenez-vous ?

— C'est pour un aveugle ?

— Non, réponds-je, c'est pour essayer d'y voir clair.

CINQUIÈME CHAPITRE, PLEIN D'UNE EXTRÊME TENSION QUI N'EST PAS FAITE POUR AMÉLIORER LA TIENNE

Une interprète nous accompagne, une pas moche fille, mais fagotée officiel-pays-de-l'Est. Elle rébarbate dans un tailleur mal coupé qui ne parvient pas à lui composer la silhouette hommasse souhaitée au départ, parce que la nénette en question a des formes incomprimables et hautement harmonieuses. Très brune, coiffée massacre, le regard bleu-rêve, les joues roses, elle possède naturellement tout ce qu'une chiée de gerces essaient de se composer par de multiples artifices, ou artifesses.

Béru coltine le Nagra, avec des gestes blasés de professionnel, en achevant de mastiquer une chose douteuse dont il a fait l'emplette chez un épicier-boucher-charcutier de Sofia.

Nous sommes à la Maison du Peuple, aimable bâtisse qui vous donne des nostalgies de Fresnes ou de la Santé. Un grand salon où rôdent des reliquats de vieux fastes pré-socialistes nous accueille. Quelques tentures inchangées depuis l'ancien régime dégagent une odeur vieillotte et lourde de velours poussiéreux, et cette réaction olfactive me fait évoquer la loge de Mme Sarah Bernhardt que je n'ai bien entendu jamais eu l'honneur de connaître, mais dont il m'est revenu qu'elle jouait admirablement *l'Aiglon* avec une jambe de bois, alors que tant tellement, depuis elle, l'ont interprété avec une gueule de bois, voire de raie.

Le silence est troublé par des airs d'accordéon, ou assimilé, tombant on ne sait d'où. Béru engloutit sa bouchée de truc douteux et dit à notre interprète qu'il raffole l'accordéon. Il ajoute que son beau-frère en joue et qu'il virtuose sur son grand morcif intitulé « Jolie Véranda » un air à vous flanquer des frissons partout. Notre guide reste plutôt impassible.

— Vous causez bien français, lui fait le Gros, mais comprenâtes-vous égal'ment l'argot ?

— Certains termes, répond l'autre.

— Si j'vous causais qu'vot' fignedé mignon m'file dans l'calbute un goumi d'Céhéresse et qu'j't'vous embroqu'rais cosaque pour une tringlée grand siècle, vous y traduireriez comment t'est-ce, ma mignonne ?

La môme, ainsi collée, le prie de répéter plus lentement. Il s'exécute. Elle avoue son ignorance après avoir répété tant bien que mal la phrase sibylline.

— Cela voulait dire quoi ? demande la jeune fille avide de parfaire ses connaissances linguistiques.

Bérurier cochonne du regard et rit gras.

— V's'allez t'êt' choquée, mon bijou, j'vous préviens. Cela voulait dire tout simp'ment qu'vot' tarte aux poils m'courjute l'sensoriel et qu'j'te vous ramon'rais la case-trésor à v's'en faire gueuler môman ! V'voiliez qu'c't'un peu osé dans l'genre ; mais en tout cas c'est pensé !

Et il lui virgule une œillade, comme jamais Casanova, en ponctuant d'un rot discret au parfum de gendarme-qui-se-déchausse.

Là-dessus, la porte s'ouvre, et Siméon Grozob fait une entrée rapide.

C'est un homme de taille fort moyenne, légèrement voûté, ce qui ne solutionne pas le problème, au teint gris, aux cheveux poivre et sel taillés en brosse, avec un visage à la fois énergique et désabusé, tailladé de rides profondes. Il porte des lunettes très teintées, n'ayant pas encore fait remplacer son lampion kidnappé.

Il vient à nous en souriant musée Grévin, nous presse chaleureusement la main, le Gros et moi. Salue l'interprète d'une inclinaison de tête juste pour dire et articule en un français qui ne passerait pas sous une porte cochère :

— Soyez les bienvenus, messieurs les journalistes.

Cela étant dit, il s'abandonne sur un canapé style Divan-le-Terrible et nous adresse un geste d'invite.

Béru branche le nagra, place le micro sur un trépied volant, fait des essais de pets et annonce que « Banco, les mecs : ça tourne ».

J'y vais de mon laïus, comme quoi nous sommes reconnaissants au Secrétaire Président-Directeur Général de bien vouloir recevoir France-Inter-Ecoutez-la-Différence. La môme au tailleur traduit. Siméon écoute sans broncher, croise ses jambes comme pour signifier que les blablas il n'en a rien à branler et qu'on devra se remuer le fion.

J'ai préparé toute une liste de questions-bateaux sur le devenir de la chère Bulgarie, tout ça, son rôle dans l'Europe de l'Est actuelle. Ses perspectives de cecicela et mon cul, tout bien, réservez-m'en douze caisses avec emballage perdu, merci !

Lui, il répond comme fonctionne un appareil distributeur de café, café au lait, thé, chocolat, quand il fonctionne. Ma question, répercutée par la fille, c'est la pièce de monnaie, sa réponse, c'est l'enclenchement de l'appareil pissant dans un gobelet de carton. La môme connaît mirifiquement son job car sa traduc vient en sous-titre qu'on s'en aperçoit presque pas, au point qu'on croit comprendre le bulgare, tu te rends compte !

Ça mouline un moment commak, après quoi, sur un signe de moi, Béru exécute le petit numéro dont nous sommes convenus. Il égosille « Stooop ! », déclare qu'il y a un os dans l'appareil vu que ses putains de merderie de piles sont nazes, qu'y va falloir s'rabattre su'l'secteur, bordel. Et où c'qu'a une prise, ma p'tite fille ? Voudriez-t-il m'aider d'en dégauchir une, siôplaît ?

Les voilà partis à ramper le long du lambris. Alors, ma pomme, prompt comme un dard (et j'ai mes raisons pour), de sortir un feuillet de ma poche et de le présenter d'autor à Siméon Grozob. Il le saisit machinalement, me regarde. Je lui fais signe de lire. Il.

Dessus, c'est écrit en bulgare, par un spécialiste de chez nous. Et y a de marqué le texte suivant :

« *Monsieur le Secrétaire,*

Si vous souhaitez récupérer votre œil de verre, contactez-moi à l'Hôtel Varna, le plus discrètement possible, bien entendu. Respectueusement vôtre : San-Antonio »

Grozob escamote le billet et reste impavide. Seul signe d'intérêt, il décroise ses jambes et recule la tête comme pour me considérer dans mon ensemble. Pas un signe d'intérêt, pas la moindre mimique. Imperturbable, c'est ça.

Le Gros revient.

L'entretien bidon se poursuit encore un bout.

Qu'ensuite je remercie chaleureusement et prends congé.

***

L'*Hôtel Varna* est resté un palace par ses dimensions. On y trouve de grandes étendues marmoréennes comme le maréchal Pétrin ; d'énormes lustres auxquels manquent des calbombes, de grands tableaux moroses et pompeux dans d'énormes cadres dorés. Cela dit, l'activité y est languissante. Des employés lisent le journal dans le grand salon et ceux qui sont de service ont des frimes de geôliers pour Q.H.S.

Un restaurant gigantesque et peu fréquenté y est annexé. Il s'étend sur deux niveaux. Une piste de danse occupe le centre. Une galerie surplombe icelle, bordée d'une grille en fer doré. Une scène mélancolique héberge un quatuor en smok râpé, revers feuilles de chou (hibou, joujou, caillou, etc.). Trois messieurs et une dame pianiste-caudale moulinent du folklore centreurope. C'est triste à foutre la chiasse à des Anglais retraités ; étouffant, je trouve. Moi, ce que j'arrive pas bien à piger, jamais, au grand never, c'est pourquoi des gens de chez nous se chicornent le tempérament pour nous conduire à un régime identique sous prétexte de justice. C'est la justice que tout le monde se fasse chier la bite dans d'indicibles morosités ? Ecoute, je vais te dire ; je suis contre rien, sauf contre l'illogisme. Je veux bien qu'on écrabouille la Société de Consommation, les privilèges, les nantis, tout le merdique capitalo-fondant, bain de mousse, foie gras, voyages en first. Je veux bien remettre le compteur à zéro, essayer le grand chambardement, repartir d'un foot nouveau vers des lendemains gazouilleurs. Je veux très très bien, je suis partant, j'approuve et signe. Seulement, ce que je refuse énergiquement du désespoir, c'est qu'on me cloque une existence comme là-bas. J'y suis allé, n'en suis pas revenu ! Leurs gueules, à tous ! Merde, avoir qu'une vie et la paumer dans le sinistros, à la tienne ! Crainte et désenchantement. J'aime autant me fignoler moi-même mes états d'âme. Tout abattre, bon ! Mais rebâtir en chantant, nom de Dieu ! Dans les euphories du renouveau, et non pas jouer Maria Chapedeplomb.

L'ambiance est franchement calamiteuse.

Comme si on attendait un truc vachement funeste. Un malheur général. Comme s'il y avait la peste bubonique en train de ravager la populace, et que t'attendes ton tour, guettant les battements de ton sang.

Bérurier, qu'aucune atmosphère ne saurait troubler lorsqu'il est à table et qu'il y a de quoi briffer, s'explique avec un ragoût aux choux rouges en tutant une boutanche de vin d'ici.

Nous sommes à la galerie. Deux officiers clapent en tête à tête. Y a aussi une table de cinq personnes à tortorer silencieusement. Je mate la pianiste dont les doigts agiles trottinent sur le clavier. Elle a une gueule romantique. Fait un peu tubarde du siècle dernier. Dame aux Camélias, avec ses cheveux coiffés tirés, raie médiane. Quand il le faut, elle tourne une page de sa partition et continue de piloter son zinc avec application. Lequel des trois autres la baise ? Doit bien y en avoir un, non ? Dans les groupes, c'est ainsi, n'importe le régime. Je cherche à deviner qui est l'élu de son cœur.

Mais mon attention est dérivée par un petit manège à gauche de mon champ visuel. L'arrivée d'un grand type anguleux, vêtu d'un manteau de cuir vert et qui tient un feutre taupé à la main. Le maître d'hôtel avec qui il parlemente lui désigne notre table. L'homme acquiesce et s'avance. Je sentais que c'était pour ma pomme. Parvenu devant notre table, l'arrivant a une courbette.

— Monsieur San-Antonio ? il demande dans un français dégueulasse comme si on l'avait vomi.

— Oui.

— Quand vous serez disponible, une voiture elle vous attendre devant l'entrée de la hôtel ; je suis d'être au volant.

— Parfaitement. Eh bien je ne vais pas vous faire languir, cher monsieur, dis-je en me levant.

Et à Béru :

— J'ai une ranque, Gros, tu m'attends au bar ?

— Yes, mon pote, et soye prudent.

Il en a de bonnes. Ça consiste en quoi, « être prudent » dans un cas pareil ?

Il murmure :

— Tu manges pas ton goulag, mec ?

— Plus faim.

A cet instant, le serveur s'approche pour retirer mon assiette pleine, Béru lui saisit le poignet promptement.

— Hé ! Molo, l'artiss ! On t'a pas sonné. Touche jamais à une assiette pleine à ma présence, sinon y aurait des r'présailles.

***

Le soir tombe, et la neige en fait autant. Une petite neige mutine qui tourbillonne dans la bise acide.

L'auto est une vieille Mercedes noire de vingt-cinq ans d'âge au moins. L'homme à l'imperméable vert la drive avec raideur. Je regarde défiler une banlieue nouvelle, horrible à te couper le souffle, avec ses immeubles tous identiques, percés de petites fenêtres. Lugubre, que je te dis. La population est clairsemée grisâtre, enfrileusée. De vieux vélomoteurs circulent en faisant gicler de la boue jaune.

On s'éloigne de Sofia. L'intérieur de la guinde renifle le vieux cuir patiné. Le chauffeur s'est parfumé, moi qui ai horreur de ça, avec une eau de Cologne de bazar persan qui flanquerait des crises d'allergie à un vidangeur de fosses d'aisances. Le moteur tourne rond. Je rêvasse... Des trucs sur la vie qui va, qui dure, qui finira. Dans le grave, tu vois ? Pas triste d'ailleurs. Méditation sereine, quoi. Car, si tu réfléchis bien, j'ai tout du serin.

Mon chauffeur pilote lentement. Mais une fois dégagé des agglomérations, il champignonne un peu. Route à peu près déserte, si on excepte quelques carrioles à peine éclairées et des cyclistes affaissés sur leur vélo.

On s'offre de la sorte une quinzaine de kilomètres, après quoi nous ralentissons pour emprunter un chemin forestier. Une vague inquiétude me point : et si on m'amenait ici pour me faire ma fête ? Je me dope par le raisonnement : pourquoi me mettrait-on à mal ?

L'auto gagne une clairière. Au centre, se trouve un autre véhicule éclairé de l'intérieur.

Bien que ses vitres soient embuées, il me semble reconnaître la silhouette de Siméon Grozob à l'arrière dudit.

— Vous voulez viendre ? me demande mon pilote après avoir coupé le contact.

Je le suis en foulant un sol jonché de feuilles pourrissantes. Acagnardé au capot de la seconde bagnole, est un grand diable loqué d'une canadienne sombre et coiffé d'une casquette à la

Lénine. Il fume une cigarette et la fumée de sa respiration se mêle à celle de sa toute cousue. Mon mentor va toquer à la vitre arrière, l'homme à la canadienne ne m'accorde même pas un regard. La portière s'ouvre. On me fait signe d'entrer. Grozob est là, habillé de sombre, pardessus noir à col d'astrakan, toque de même métal, lunettes noires. Il porte des gants fourrés.

Sa main droite est engagée dans la sangle du repose-bras. Sa main gauche est posée sur ses jambes croisées. Il la soulève légèrement, comme pour me saluer menu. Je prends place à son côté, une fesse dans le vide afin de pouvoir lui faire face.

— Je dois vous avouer, monsieur le Secrétaire, que je ne suis pas journaliste, mais que j'appartiens à certains services de police français.

Il ne réagit pas. Simplement, il murmure, en allemand :

— Parlez-vous allemand ?

— Plutôt mal, je suis plus à mon aise dans l'anglais.

— Alors parlons anglais, fait Siméon dans la langue d'Elisabeth II, queen.

Je répète ma première phrase. Il opine.

A la clarté lunaire qui nous parvient, malgré la hauteur des arbres, je vois déambuler les deux chauffeurs devant nous ; les mains enfoncées profond, la tête dans les épaules.

Grozob attend la suite de mes explications.

Je les lui fournis.

— Récemment, nous avons appréhendé en France un groupe de terroristes, monsieur le

Secrétaire. L'un d'eux, au cours de son interrogatoire, nous a proposé un marché bizarre. Un œil de verre qu'il prétendait vous appartenir en échange de sa liberté. Il nous a affirmé que cet œil vous fut arraché lors d'une représentation de cirque à laquelle vous assistiez. Selon lui, cette boule de verre recelait une information capitale concernant l'Union Soviétique. Nous avons feint d'accepter cette tractation et l'homme nous a révélé la cachette de l'œil. Pour parler franchement, nous avons confié celui-ci à nos laboratoires de recherche qui ne lui ont absolument rien trouvé de particulier.

Je me tais.

La main que Grozob a passée dans la sangle du repose-bras s'ouvre et se ferme, marquant sa nervosité mal contenue. Le gros gant produit un bruit râpeux.

Là-bas, dans le chemin, les deux chauffeurs se diluent dans la brumasse nocturne. La neige a cessé et n'a pas tenu.

— Pourquoi me racontez-vous cela? demande le Secrétaire.

C'est à ce genre de question qu'on juge le sang-froid d'un monsieur. Il ne s'emballe pas. Veut en savoir davantage sur les Français qui bougent, cézigue.

— Suivez le raisonnement de mes supérieurs, monsieur le Secrétaire : si cet œil de verre recèle un secret que nous ne pouvons percer, il n'a donc d'intérêt que pour vous. Dans la mesure où vous tiendriez à le récupérer, sans doute auriez-vous à cœur de vous montrer bienveillant vis-à-vis de la France qui vous le restituerait.

— Qu'appelez-vous bienveillant ? demande froidement Siméon Grozob.

— Vous n'ignorez pas, monsieur le Secrétaire, que mon pays rêve d'implanter un vaste complexe agro-polo-sidérurgico-plasmantaire en Bulgarie. Il est persuadé que, patronné par votre haute autorité, ce projet pourrait se réaliser assez rapidement.

Un silence. Grozob récite muettement des « huit » avec ses lèvres.

— Rien n'est impossible, admet-il.

Dans cette tranche de la diplomatie, mon neveu, il faut marcher sur des patins de feutre, comme chez la dame du notaire de Fouzy-le-Gros.

Alors, réprimant toute théâtralité, je sors de ma vague une petite boîte en carton.

Siméon hésite à l'emparer.

N'en croit pas son œil.

— Qu'est-ce que c'est ? n'ose-t-il croire.

— Eh bien, ma foi, votre œil, monsieur le Secrétaire.

Il biche la boîte, soulève le couvercle.

— Du moins, je l'espère, complété-je.

Cette fois, il soulève ses lunettes noires sur son front pour mater la boule de verre en direct, de son lampion valide. A la place de son œil manquant, il y a une vilaine cicatrice fripée et rose. Grozob opine.

— C'est en effet mon œil. Mais...

— Oui, monsieur le Secrétaire ?

— Vous me le rendez ?

— N'est-il pas à vous ? j'outrecuide. La France n'est pas un malandrin qui rançonne.

Elle compte seulement sur votre reconnaissance et a foi en votre parole.

Poum ! Si je pouvais lui passer la Marseillaise, ça compléterait le topo, j'aurais dû me munir d'un cassetophone.

Siméon se détourne pudiquement, pour renfourner son z'œil ersatz. Quand il me défrime, il a le visage nickel. Cependant, il rabat ses lunettes noires, biscotte ses sbires sans doute, pas qu'ils pigent ce qui vient de se passer.

— Demain, je prendrai contact avec l'ambassadeur de France, déclare-t-il.

— Ma gratitude personnelle vous sera acquise, monsieur le Secrétaire.

Siméon me tend la main après se l'être dégantée. Je lui en presse quatre, en espérant pour lui qu'ils sont vrais.

CHAPITRE SIXIÈME DONT IL EST DIFFICILE DE CÉLÉBRER LES MÉRITES, TELLEMENT CEUX-CI SONT INDÉLÉBILES ET CALORIFUGES.

L'hôtel *Varda* comporte un bar muni d'une piste de danse où quelques entraîneuses gouvernementales font gambiller les touristes solitaires.

J'y retrouve mon *dear* Béru, tenant dans ses bras noueux le maximum d'une forte personne à la poitrine en capot de *Range Rover,* affublée d'une coiffure très haute, genre choucrouteux, comme on n'en réalise plus que dans la région des Carpates et dans le Bassin Danubien. Le visage de la personne n'est pas sans évoquer celui de feu Charles Laughton, sauf qu'elle a le nez busqué. Sa tignasse est rousse, sa peau luisante, d'un beau rose-brûlure. Elle louche passablement, ce qui ajoute à son charme. Le seul reproche qu'on pourrait lui faire, c'est de porter des escarpins à hauts talons, vu qu'elle mesure un bon mètre nonante. Sa Majesté avinée a son gros tarbouif enfoui dans le décolleté de sa cavalière. Il respire la brise du large en godant comme un âne. La dame lui cause en valsant (car on joue, tu penses, « Le Beau Danube Bleu »), et je me demande bien en quelle langue ce couple héroïque peut correspondre.

Je vais à une table, commande une bouteille de champagne russe et attends la fin du morcif.

« Taninanana, tsointsoin, tsoin tsoin... »

Dans les flonflons guimauve-de-luxe je pense à mon entrevue avec Siméon Grozob. Pas antipathique, le vieux bougre, en fait.

Comme il semblait joyce de récupérer son lampion ! Un soulagement ineffable ! Comme un pêcheur d'éponges refaisant surface après une plongée de deux minutes, il s'est mis à respirer. L'imitation réalisée par le signor Influenza, de Venise, est impec puisqu'il n'y a vu que du feu. Cette histoire me captive.

Sur la piste, un incident. Béru est en train de tituber en accomplissant un double tourniquet, sa partenaire essaie de le garder à la verticale, mais il choit et l'entraîne. C'est un écroulement impressionnant, magistral, cette double masse brusquement couchée. Pour lors, la piste paraît vide. Quelques danseurs obligeants les aident à se récupérer. La zizique s'interrompt. Le Gros flumine (j'écris flumine, tâchez moyen de ne pas me rectifier, à l'imprimerie !).

Il gît sur le parquet telle une langouste renversée, agitant ses membres, donnant des coups de reins par-dessous ses coups de gueule.

Je vais l'assister. Il a les pieds entravés par un fil. Au sol, une boîte chromée, éventrée, laisse dégorger un ruban magnétique. Un second fil unit cette boîte à une énorme broche que la cavalière porte devant son capot.

Je questionne la personne qui explique, dans un français potable :

— Le messieur, il pelotait moi tant si beaucoup qu'il a décroché le magnétophone de ma gaine. Et il s'est pris son pied avec le fil, et il a tiré trop et j'ai ma broche micro qui a déchiré mon robe.

Elle désigne l'accroc.

— Robe neuve beaucoup cholie.

— T'auras qu'à agrandir encore ton décolleté, ma poulette, console Béru, lequel vient de récupérer son équilibre ; t'as un balcon qui supporte. Allez, remets ton fourbi dans tes z'harnais et viens écluser un gorgeon av'c nous.

Qu'aussitôt dit tôt fait, l'entraîneuse officielle ramasse sa centrale, essaie d'en réparer le désastre et vient rajuster sa HiFi à ma table. Le champagne est dry comme du sirop de grenadine. Bouchon de plastique. Contrairement au champagne français, la petite muselière de fil de fer ne sert à pas à *contenir* le bouchon, mais à le *maintenir*. Lorsqu'elle est ôtée, t'as qu'à saisir celui-ci entre le pouce et l'index et à le retirer comme tu agirais avec celui d'une carafe.

— J'te demande pardon, grande follette, dit le Mastar en promenant sa main sur la cuisse de sa camarade de valse, j'voulais pas t'causer d'avarice de machine. J'espère qu'la bande son est toujours valab' ?

Notre compagne le rassure. Elle explique qu'elle doit enregistrer toutes ses converses avec ses cavaliers. A la fermeture, elle remet la cassette au concierge de l'hôtel qui la tient à la disposition de la police.

Sa chute n'a pas réprimé les ardeurs du Mammouth.

— Tu voyes, me dit-il, cette fille, c'est textuel mon genre de femme. Le gabarit, les loloches, sa gentiliesse, sa frimousse...

Il se penche sur la dame et dépose dans son cou un mimi gluant qui la trémousse.

— Tu serais d'accord pour un p'tit coucher fripon ? lui demande-t-il.

Elle répond que oui, moyennant une subvention de cinquante dollars.

Marché conclu.

Sans plus attendre, le Magistral entraîne l'entraîneuse, ce qui est assez paradoxal.

Le champagne sucré me porte au cœur. Je réclame une bière pour me décamoter le tuyau de vidange. Sur ces entrefesses, quatre personnes radinent au bar. Deux couples. Gens de l'Ouest, ça se retapisse Frédéric dare-dare à leurs fringues. Ils viennent s'installer dans une stalle pomponneuse, éclairée par des chandeliers. Moi, sans hésiter, je visionne les deux dames, histoire de vérifier si elles sont comestibles. Toujours bon à savoir. J'aime bien qu'une dame de mon environnement soit baisable, ça la rend plus humaine. Ce coup de périscope se termine par un seau d'eau froide sur le cervelet. Il y a de quoi. Magine-toi que l'une des deux personnes n'est autre que l'aimable jeune femme rencontrée à Venise et qui vint si obligeamment-et sans mot dire, qui mieux est- se faire caramboler à mon hôtel.

Elle porte une robe noire, décolletée, avec une étole de renard (ou autre mammifère) blanche. Son maquillage est parfait. De longues boucles d'oreilles en chaude-pisse-la-julie, comme dit le Gros, parfaitement harmonisées à son regard d'azur, tremblent à ses lobes.

Elle rit. Elle est belle. Et, à la vue de ses dents blanches, une monstre trique m'empare ; avant même de me demander ce qu'elle branle à Sofia, *ni pourquoi elle s'y trouve en même temps que moi.* L'érection est un phénomène spontané qui correspond à des normes mal établies. Si j'ai un conseil à donner aux heureux bénéficiaires de cette fougue sensorielle, c'est de ne se poser aucune question et de profiter de l'aubaine.

Elle se trouve en compagnie du type amateur de livres anciens et d'un ménage de gens plus âgés, ayant belle allure, bon maintien, bonnes bouilles.

Au bout de peu de temps, le type qui n'est pas son époux invite ma Mystérieuse (c'est ainsi que je la nomme dans le secret de mon joli petit cœur aimant) à gambiller. Ça musique un tango égyptien. La fille accepte et se laisse empoigner par le gonzier. C'est un fort beau quingénaire grisonnant, svelte, avec une moustache façon Homard Shérif et des manières vieille France. Le voici qui fend la gonzesse d'une jambée impec, argentinesque, olé ! Et qui se met à la danser comme si elle avait l'entrejambe posé sur le genou de son cavalier.

Deux ou trois circonvolutions et le couple se pointe devant ma table. La nana m'aperçoit ; son visage se crispe. Feint-elle ou est-elle réellement déconcertée par notre rencontre ? Toujours est-il qu'elle se reprend et continue de tangoter avec le génaire, un bras passé au col d'icelui, à se laisser jamber de première comme pour une démonstration d'école de gambille.

Dès lors, pas une fois mon regard ne parvient à accrocher le sien. Le tango fini, le gus la remercie et la reconduit à leur stalle ; mais au lieu de reprendre sa place, la fille cramponne son sac et s'excuse. Direction toilettes. Est-ce une invite ?

Je décris un arc de cercle, pas donner l'éveil à ses compagnons, et je trace pour la rejoindre. Elle est déjà bouclarès chez les gerces. Je me recoiffe devant le lavabo des julots en l'attendant. Comme elle tarde, je me fais les ongles. Puis je brosse mes pompes avec du papier. Enfin, la revoilà. Sublime.

Je me précipite. Son regard bleu se pose sur moi sans s'arrêter, comme si j'étais de verre.

— Le hasard est grand ! je murmure niaisement.

Elle ne réagit pas et s'éloigne déjà.

— J'occupe la chambre 819 ! ajouté-je, éberlué.

La Mystérieuse a disparu.

Indécis, je regagne ma chambre, me demandant ce qu'est cet étrange personnage muet, indifférent en apparence, et qui vint se faire enfourcher avec une sorte de noire fureur passionnée.

Depuis le couloir pater austère peint en vert olive, je perçois un solo de violon crincrinesque.

Ça joue un truc de Centre Europe, avec des langourances coupées de brusques galopades.

Plus je m'approche de ma piaule, plus la musique s'amplifie, à croire qu'elle provient de chez moi. La chose me déconchose d'autant plus mieux que je ne me rappelle pas avoir aperçu de poste de radio dans la turne.

J'entre et un flot de zizique et de stupeur m'entortille illico.

Tu juges.

Quatre personnes occupent mon appartement. Trois hommes et une dame. L'un des hommes joue du violon, assis sur le bord de mon plumard. La dame et les deux autres matous se livrent à une fouille minutieuse des lieux. Quand j'use du terme *minutieux,* c'est pour cerner la vérité au plus juste. Ce joyeux trio a complètement défait mes bagages et ratisse chacune de mes fringues centimètre après centimètre, n'hésitant pas à découdre certains ourlets, voire certaines doublures, décortiquant les montants de ma valoche, bref, mettant tout à plat avec une application révélatrice de leurs capacités en la matière.

Les quatre ont des bouilles pas plaisantes, la gonzesse pis encore que les mectons. D'ailleurs, elle paraît diriger le commando (mot d'origine portugaise).

Le plus abracadabrant de l'affaire, c'est ce violoniste qui scie des csardas danubiennes pendant que ses potes s'activent.

— J'espère que je ne vous dérange pas? demandé-je.

Mes « visiteurs du soir » m'accordent des regards sobres, dénués d'expression.

La fille me désigne un fauteuil.

— Asseyez-vous ! me dit-elle.

— Trop aimable.

Je dépose mes objets précieux sur le velours flétri d'un siège avachi.

— C'est le travail en musique ? fais-je en montrant le violoneux.

Ils continuent de s'escrimer scientifiquement. Je les regarde avec intérêt, cherchant à déterminer leurs intentions secrètes à mon endroit, mais ces gens savent conserver leurs pensées dans les replis de leur citron.

Le musico a fini son morcif et entame un autre air, plus allègre. Je l'accompagne en frappant dans mes mains. Il me décoche un embryon de sourire derrière son gigot verni et met davantage de cœur à son exécution.

Les trois fouineurs finissent par s'avouer bredouilles, car ils stoppent leurs recherches. Ils sont vêtus très sobrement, dans les teintes passe-muraille : pied-de-poule beigeâtre, polo marron, imperméable trop cradoche pour qu'il soit possible d'en déterminer la couleur initiale...

Deux des hommes portent des chapeaux de feutre récupérés dans des poubelles, le musicien est nu-tête, avec des cheveux longs dans le cou et un beau début de calvitie sur le devant. La fille est affublée du tailleur mal bâti cher aux pays de l'Est. Comme unique bijou, elle porte un grain de beauté au cou.

— S'il n'est pas indiscret de vous le demander, vous cherchiez quoi ? murmuré-je.

Au lieu de me répondre, elle dit quelque chose à ses deux co-fouilleurs. L'un et l'autre viennent à moi. L'un des deux est affligé d'un strabisme divergent qui lui donne un regard incommodant.

Il sort un pistolet de son imper et visse un silencieux à l'extrémité du canon. Ce que voyant, j'estime ma suprême heure arrivée et je brandis une foncière pensée à ma Félicie.

— Déshabillez-vous ! m'ordonne la gonzesse.

— Vous souhaitez épargner mes vêtements ?

— Faites !

Force m'est. Je me déloque donc. Ne garde que mon ravissant slip bleu-des-mers-du-Sud à liséré blanc.

— Enlevez ça également, ordonne la nière.

Je lui souris.

— Vous l'aurez voulu, ma chérie. Je vais donc vous découvrir quelque chose d'inoubliable ; pour vous, désormais, il y aura eu la vie avant, et puis la vie après.

J'enjambe mon slip.

— Admirez ce que papa m'a donné ! Et vous savez, quand je suis en présence d'une vraie dame, il devient dix fois comme ça.

— Penchez-vous !

— Hé, doucement, ne me dites pas qu'un de vos scouts va me faire le coup du sous-marin fantôme !

— Penchez-vous !

Je, donc.

— Toussez !

— Oh ! c'est donc ça ! Vous pensez que je me sers de mon rectum comme fourre-tout !

Je tousse.

Les deux mectons ont cramponné mes effets et les examinent comme ils ont examiné le reste.

— On ne peut pas dire que vous ayez l'art de mettre les gens à leur aise, dis-je à la mégère.

Et une puissante-archi-intense-rogne me biche, qui me fait trembler.

Une colère pareille, quand elle gonfle tes voiles, tu ne peux lui résister ; elle t'emporte où bon lui dit. Je sens en moi un gigantesque barrissement qui se prépare, se rassemble, va jaillir. Le moyen de le contenir ? J'essaie de me contrôler. « Non, Tonio, mon grand, mon preux, mon chevaleresque, mon beau Français, mon héros de légende, mon baiseur, tu ne vas pas exploser, que sinon c'est la vaillante petite Bulgarie de 110 000 kilomètres 2 qui va recueillir ton dernier soupir. Et de quel droit, peux-tu me dire, cette Bulgarie de neuf millions d'habitants recueillerait-elle le dernier soupir d'un être de ton élite, de ta trempe, de ton envergure ; instruit, spirituel, élevé au lait Guigoz, huile de foie de morue tous les hivers, roi de la tyrolienne à moustaches et du coup de reins sur terre battue ? Hmmm ? De quel droit ?

Mais, vouichte ! Il est plus facile d'arraisonner un contre-torpilleur anglais que de raisonner un Santantonio ivre de fureur.

Tu sais ce qu'il fait, l'apôtre ? L'à quoi il se livre, ce drôle de coco ? Le comment il éclate ? Sa manière de furier en trombe ?

Je te vas le dire, mon p'tit gars, bouge pas. Mézigue, à poil comme tel je suis, j'empoigne le dossier d'une chaise de cuivre qui passait par là.

Je te dis bien : chaise en cuivre, avec un dossier ouvragé, plein d'arêtes vives. Je lève ladite, l'abats sur la tronche de l'homme au pistolet, qui me perdait d'attention à farfouiller mes hardes en compagnie de son complice. Cela fait vrahan ! Le gonzier s'affale. Je virgule ensuite la chaise dans la bouille de son pote qui part en arrière. Je me jette sur le pistolet et l'ayant en main, couvre la gonzesse.

— Lève tes mains, salope !

Elle obéit. Qu'à peine son regard devient d'une mornité absolue, bien me marquer sa réprobe.

Et le gars Crincrin qui Menuhine toujours, par cœur, en ouvrant des vasistas comme les hublots au père Cousteau.

— Passe-moi ta râpe à fromage, Mec ! dis-je en chopant son instrument par le manche.

Il résiste un peu, pas trop, me confie de mauvaise grâce sa boîte à jérémiades. Je la lui fracasse sur la gueule. Il titube, sans perdre toutefois conscience.

Je vais me pencher sur les deux hommes à terre. Le premier est salement groggy, avec la frite entaillée par les motifs à la con du dossier de cuivre ; le second récupère, je le palpe fissa, la bite au vent, le cœur en fête, haletant et content de moi. Il n'est point armé. Je lui chourave son portefeuille, y prélève ses fafs d'identité. Idem pour le premier.

La gonzesse continue de garder les bras levés.

— Que cherchiez-vous ? je lui demande rudement.

— De la drogue, répond-elle. Vous avez été dénoncé.

Mon cul, oui ! Elle paraît aussi franche qu'une lettre anonyme.

— Eh bien, vous l'avez constaté, c'était de la basse calomnie, ma chère. Maintenant, j'ai suffisamment plaisanté : prenez vos guignols dans vos bras maternels et foutez-moi le camp !

Chose étrange, elle n'insiste pas et je vais même un tout petit peu plus loin, elle paraît presque soulagée par ce dénouement.

Etrange équipage que celui qui quitte ma chambre. Lorsque mon petit monde est parti, je me dis que j'aurais dû exiger qu'il remette de l'ordre dans la carrée !

***

La chambre du Gros n'est pas contiguë à la mienne. Elle est située au fond du couloir, dans un renfoncement.

Je toque discret, après avoir tendu l'oreille pour m'assurer d'où est-ce qu'il en est avec son entraîneuse entraînée. Pas un son, pas un bruit, toute vie est éteinte. La bellissima se serait-elle déjà barrée ? Faut dire que pour cinquante dollars, tu ne peux pas exiger tout le Kamasoutra, les trente-six poses plus des bricoles bulgares. Faut savoir limiter ses ardeurs. Même en terre socialiste où le dollar est plus apprécié qu'ailleurs, on ne va pas loin avec un verdâtre de cinquante pions. Qu'à peine a-t-il eu droit à un brin de pipe à la dégoûté (relevant davantage du simulacre que du trombone à coulisse) et à l'enfourchement classique papa-maman, la bonne et Riton. Gling-gling !

Comme on ne m'engage pas à entrer, je prends l'initiative. La chambre est éclairée. Fouillée de machin en comble, comme le fut la mienne. Sa Majesté Bérurière est allongé tout nu sur son lit, comme un cochon rose dans la vitrine d'un charcutier. Je m'approche de lui, anxieux.

Le gars Béru a le regard en code. Il respire court et vite, de la pointe des soufflets, dirait-on.

Posés sur sa table de noye, j'avise une seringue emperlée de sang et un tampon d'ouate maculé de brun.

Seigneur ! Que lui a-t-on administré !

Je vais humecter un linge dans la salle de bains et j'en bassine les tempes du Mastar.

— Eh bien, mon Pépère, qu'est-ce qui ne va pas ? lui susurré-je.

Prosper glapatouille de la menteuse. Ses paupières batraciennes palpitent un tantisoit.

— J'vas tout v'dire, articule-t-il, j'sus t'un dégueulasse. Chaque fois qu'l'occase s'présente, j'double ma chère Berthy, qu'est c'pendant néanmoins une épouse si valiante ! Si j'vous disais qu'pas plus tard qu'à présent, j'ai culbuté une grande vachasse pou'cinquante dollars. J'lu ai fait l'coup d'œil de bronze qu'é connaissait pas, en m'servant d'ma crème à raser manière d'faciliter l'passage à Popof. V's'avez dû entend' bramer c'te mère quand j'y ai défoncé l'vase d'espansion ! Sûr qu'é n'pourra plus s'asseoir avant l'époque des c'rises ! Mais fallait qu'é connaisse c'genre d'sensation, non ? Ça s'veut radasse d'lusc et ça n'a jamais pris un goume dans la case départ, faites-moi pas rigoler! Si c'est slave, leurs putes bulgares, merci beaucoup, m'sieur l'abbé, gardez-le pour en faire des z'enfants d'Marie, merde!

« Qu'est-ce v'voudriez savoir? C'qu'on fout t'ici, moi et Sana? Juste tenter d'essayer d'y voir clair av'c l'œil d'verre à Siméon. Connaître l'bon grain d'l'ivresse, quoi. Qu'on n'a rien trouvé d'dans, au labo d'Pantruche. Alors mon pote y a rendu un faux, comme si qu' ça s'rait l'vrai. Si le gars réagira, ça veut dire qu'le vrai z'œil est bien ce qu'on croive qu'il est, sinon, on s's'ra gouré, y a pas d'mal. M'man m'disait toujours qu'y a qu'le Pape et les cons qui se trompent jamais.

« Quoi, l'vrai n'œil? Vous pensez bien qu'on n'est pas glandus au point d'le charrier av'c nous autres, merde! Prudence est mère d'la sûreté, comme y disent au Quai des Trois Orfèvres.

Et le Gravos de pouffer.

Rassuré et déconfit, je le laisse éponger la drogue qu'on lui a injectée afin de le rendre loquace.

Voilà qu'il a craché le morcif, Alexandre-Benoît. Maintenant le commando sait tout.

J'écoute le cœur de mon pote : il cigogne à peu près correctement. Maintenant, il s'agit de savoir si les quatre dégourdoches sont des gens à Grozob, ou bien s'ils travaillent pour le compte de quelqu'un d'autre. Dans la seconde alternative, de qui?

Maussade, je retourne me pieuter.

Je sourcille en constatant que ma chambre est plongée dans l'obscurité alors que je suis bien certain d'avoir laissé les loupiotes éclairées en la quittant pour visiter Bérurier.

J'actionne le commutateur.

Décidément, les surprises ne manquent pas dans ce pays.

Sur mon plume, je trouve ma Mystérieuse de Venise. Elle porte une somptueuse robe de chambre de soie orangée grande ouverte. Ses mains sont croisées sous sa nuque, ses jambes repliées, et plus écartées encore que les pans du kimono. Vue rigoureusement imprenable sur la baie des Anges ! L'opération coup de fouet, j'espère ! Mon sang bondit pour la grande marée d'équinoxe ! Et l'amiral Canari se met droit sur sa dunette.

Ainsi « elle » est venue, la divine salopiote ! Elle est de nouveau dans mon lit, l'ineffable nymphowoman ! Avide de moi, son piège à bite armé, prêt à m'happer !

Que pouvais-je rêver de mieux ?

Je me déharde du peu que j'avais passé pour vadrouiller dans le couloir. Hypnotisé, je m'avance vers la source enchanteresse, comme l'écrivait le cardinal Daniélou, peu avant de finir tragiquement d'un accident de la circulation.

La première fois, avec Ninette ce fut le rut ! Je décide qu'à présent on va jouer « Voluptas au service de la France ! » C'est pourquoi, avant toute chose, je pique une tête dans sa fourche d'accueil. Besoin de discuter le coup avec son trésor à crinière avant de lui poser d'autres questions à l'étage supérieur.

Elle raffole ! O, les divins soupirs ! O, le balancement de gondole à l'amarre de ses hanches conçues et réalisées par Stradivarius ! La manière imprégnante dont je batifole de la menteuse dans son delta enchanteur ! Suave ! Antichambre du bonheur complet ! Fol émoi ! Folle, et toi ? J'en perds la tête ! Mon camarade Mandrin en traverse le matelas !

Tyrolienne fabuleuse ! Je suis le pâtre des monts de Vénus lalala itou, lalala itou !

Toc, toc, toc !

— Vous permettez ! fait une vilaine voix.

Dedieu, le con ! Je n'ai pas pris le temps de donner un tour de clé !

J'abandonne ma tarte angora et me retourne.

Le type au manteau de cuir vert qui me conduisit à Siméon Grozob se tient dans l'encadrement, son vilain bitos à la main. Pas un muscle de son visage ne bouge et son regard reste impénétrable.

Il regarderait deux pommes dans une assiette, ses yeux auraient la même inexpression.

Tu crois que ma Mystérieuse s'affole, toi ? Pas le moins. Elle quitte le lit, se drape dans sa robe de chambre dont elle noue posément la ceinture, loge ses deux mignons patounets dans deux mules de soie noire et se dirige vers la lourde. Manteau-verdâtre s'efface pour la laisser sortir.

— A plus tard ! égosillé-je.

Mais elle n'est plus là.

Le Bulgare murmure :

— Désolé de dérange vous, mais il faut viendre tout de suite !

C'est à cet instant que je comprends plusieurs choses importantes.

Primo : le véritable faux œil de Siméon Grozob recèle bel et bien un secret.

Deuxio : il est vraisemblable que les quatre mousquetaires de la perquise n'ont pas agi sur l'ordre du Secrétaire.

Troisio : il va sûrement nous arriver, à partir de très bientôt, des choses encore plus vachardes que précédemment.

SANS CE MÉMORABLE CHAPITRE SEPT, CE LIVRE NE SERAIT PROBABLEMENT PAS REMBOURSÉ PAR LA SÉCURITÉ SOCIALE.

Cette fois-ci, nous ne nous dirigeons pas en forêt, comme disent certains cons que je connais ; mais dans le quartier pseudo-résidentiel.

Le verdâtreur stoppe devant la grille d'une propriété début de siècle, à la façade tarabiscotée.

M'invite à descendre.

Ce dont.

Deux factionnaires factionnent de part et d'autre du portail. Le bout de leur pif rouge reste pointé sur la ligne bleue des Carpates au moment où je passe. Ces deux messieurs ne daignent même pas me regarder en biais, comme le font les gardes de Buckingham Palace, qui pourtant sont anglais, donc dépourvus de toute curiosité.

Je franchis une cour semée de graviers, escalade un perron moussu flanqué de vasques hautement merdiques et suis accueilli par un gonzeman à carrure de gorille, coiffé à la gorille, avec des yeux, un museau, et un front de gorille. Il est sobrement vêtu d'un futal de velours à grosses côtes et d'un pull de laine dont le col roulé bâille comme la moniche d'une vieille pute marseillaise.

Cézarin, espère, il est pas chef du protocole à manger de la tarte. Tu le verrais traîner des lattes sur le parquet, et garder une main dans sa poche ! Et tu l'entendrais tousser gras ! Sans compter la manière dont il glaviote au sol, en écrasant le résultat sous la semelle de sa pantoufle. Tu mords le genre ?

D'un signe, il m'a ordonné de le suivre. Et il me guide en direction du premier étage.

On gravit donc un escalier à rampe forgée et on débouche dans un couloir où un mec est assis, impavide, une mitraillette sur les genoux. Le gorille va frapper à une porte. Il annonce que je me voilà, m'indique qu'il me faut entrer et se retire.

Curieux endroit. Imagine une pièce d'assez vastes dimensions tout en longueur. Le fond est aménagé en chambre à coucher. Une grande tenture peut, si on la tire, isoler cette partie du reste de la pièce, sorte de bureau-salon, garni de livres, de revues, d'appareils enregistreurs. Une table ancienne surchargée de paperasses. Un canapé avachi, un fauteuil, un immense poste de téloche. Tout de suite, ce qui me frappe, c'est de constater que les fenêtres ont été murées et qu'à l'emplacement de ces anciennes ouvertures, on a peint d'autres fenêtres en trompe-l'œil, encadrées de rideaux, comme si c'était des vraies.

Cet aménagement insolite confère à la pièce quelque chose d'intensément déprimant.

Siméon Grozob est assis à la grande table. Penché dans un rond de lumière jaune, il écrit fiévreusement, et en bulgare, ce qui n'est pas à la portée de tout le monde !

— Asseyez-vous ! me jette-t-il sans relever sa tête grisonnante d'homme d'action fatigué.

Je choisis le canapé, ce qui me permet de l'admirer complètement.

Il garde ses deux pieds bien à plat sur le tapis pendant qu'il écrit, ce qui dénote le calme du bonhomme.

Quelques minutes s'écoulent à prix de faveur, la porte s'ouvre, et une grosse vachasse en peignoir se pointe. Elle a des bigoudis, une trogne de femme de ménage polonaise veuve à varices, une fine moustache bien taillée et un bide en rupture de corset qui la précède, de cinquante centimètres partout où elle va.

Elle murmure quelque chose du genre « Oh ! pardon ! » en m'aspergeant. Grozob relève la tête et, d'un ton bougon, lui dit, toujours en bulgare, qu'elle vienne pas nous faire chier et qu'elle aille en vitesse vérifier que ses confitures ne moisissent pas.

La personne se retire. Siméon finit un très beau paragraphe, referme un dossier et se lève.

— Je vous prie de m'excuser, me dit-il, mais quand j'interromps le fil de ma pensée, j'ai du mal à le renouer par la suite.

Il sourit, ouvre un placard, prend une bouteille d'alcool blanc et deux verres. Il dépose le tout sur le parquet et prend place dans le fauteuil.

Penché en avant, il emplit généreusement les deux godets ; m'en tend un.

— Je ne sais si vous aimerez, me dit-il, c'est fabriqué dans ma province natale...

Je goûte, avale en essayant de ne pas m'étouffer le bec réglé au plus fort d'un chalumeau oxhydrique et déclare que jamais liquide n'enchanta à ce point mon palais (qui va devenir le palais Gruyère si je vide mon glass). Grozob déguste comme s'il s'agissait de sirop d'orgeat.

— Voyez-vous, je suis très ennuyé, monsieur San-Antonio, me dit-il.

— Vraiment, Excellence ?

— Vous vous doutez bien pourquoi ?

— Mais non, Excellence.

— Mais si, monsieur San-Antonio.

Son sourire s'éteint doucettement, comme meurent des brandons dans l'âtre. Il devient grave, voire triste. C'est fou ce que ce bonhomme m'est sympathique. On bouffe pas à la même gamelle, mais son personnage me touche inexplicablement ; peut-être à cause de cette mélancolie qui l'habite ? On sent en lui l'idéaliste déçu, le guerrier fourbu, l'homme en porte-à-faux avec soi-même mais qui continue de faire front.

Il n'a plus ses lunettes. Je l'observe et me dis qu'il est duraille de repérer lequel de ses yeux est le bon.

— J'ai parfaitement compris votre démarche, monsieur San-Antonio.

— C'est-à-dire, monsieur le Secrétaire ?

— Vous avez mon œil. Vous n'êtes pas parvenu à percer son secret. Alors, pris de doute, vous avez voulu vérifier s'il renferme vraiment quelque chose d'important. Pour cela, vous avez fait réaliser une réplique presque parfaite. Vous êtes venu me la proposer comme étant l'œil de verre initial. Vous vous êtes dit que mon attitude serait révélatrice. Si je prenais l'œil sans rien dire, c'est que l'on vous avait trompé à propos du fameux secret. Mais si je vous convoquais, comme je le fais ce soir, pour vous dire : « l'œil de verre que vous m'avez donné n'est pas le mien » vous acquerriez ainsi la preuve que celui que vous détenez toujours est bien digne d'intérêt.

Il hoche la tête, se sert un second godet de feu-aux-poudres.

— Ayant compris cela, j'ai beaucoup hésité à me manifester, monsieur San-Antonio.

Il écluse son tord-tripe cul-sec.

— Mais, à la réflexion, j'ai préféré jouer cartes sur table. Alors, examinons la situation. Oui : l'œil de verre, le vrai (si je puis dire) est très important pour moi. Il n'en reste pas moins que vous ne pourrez jamais, vous me comprenez bien ? Ja-mais le...l'interpréter. Ni vous, ni d'autres. Nous arrivons ainsi à quelle conclusion ? Vous détenez quelque chose qui m'est essentiel à moi, mais qui ne signifie rien pour vous. Le seul aspect positif, en ce qui vous concerne, est de me priver de cette chose, et également de savoir qu'elle est importante pour moi. Alors ? Allons-nous demeurer chacun sur nos positions ? Ou bien allons-nous rechercher un moyen d'entente ? *That is the question* (1).

Un instant s'écoule. L'atmosphère de cette pièce sans fenêtres me paraît de plus en plus mal respirable. Il y flotte des odeurs qu'on ne perçoit pas d'emblée, mais qui s'insinuent peu à peu et vous investissent. Odeurs un peu bestiales d'alcôve, odeurs de renfermé, de vieux papier, d'alcool renversé.

Il a parlé loyalement, et je lui en sais gré.

— Vous comprendrez, Excellence, que je n'ai pas qualité pour trancher une telle question. Je dois en référer à des instances...

— Supérieures ?

Il a un rire désenchanté.

— Seulement, monsieur San-Antonio, ce n'est pas vous qui en référerez.

J'éprouve des petits picotements mal venus sous mes chers et admirables testicules. Evidemment, il doit prendre un maximum de précautions.

— Vous comprendrez parfaitement que je doive vous garder en otage, n'est-ce pas ? Vous allez constituer l'une de mes monnaies d'échange.

— Correct, admets-je loyalement.

Et que voudrais-tu que je lui réponde d'autre, à ce mec ? A sa place, tu ne ferais pas pareil, ta pomme ?

— Cher monsieur le Secrétaire, reprends-je doucement, est-ce vous qui avez dépêché à mon

(1) Il prononce cette dernière phrase en français puisque nous nous entretenons en anglais. Tu comprends ?

hôtel un étrange quatuor qui ont fouillé nos effets jusqu'à la trame et ont médicamenté mon adjoint pour le faire parler ?

Tu materais sa bouille, au Siméon ! Oh ! ma douleur, pardon !

— Que dites-vous ? gronde cet homme d'action, et il te semble entendre un bull-dog auquel on prétendrait retirer sa pâtée.

Je sors de ma poche les fafs pris aux deux gus que j'ai estourbis.

— Voici les identités vraies ou fausses, de deux d'entre eux.

Pendant qu'il les examine, je lui narre brièvement, mais avec tout le sens de l'effet que tu me sais, les événements de l'hôtel *Varna.*

Ce gars, tu croirais qu'il vient d'apprendre une mauvaise nouvelle : qu'il est atteint d'un chouf par exemple, ou que sa bonne femme refuse de divorcer.

Il vient de vieillir de douze ans et demi sous mes yeux, le temps de compter jusqu'à ouf ou de faire trois.

Il mate les papelards, les remate encore, s'en tapote le bout des ongles. Mordille sa lèvre inférieure, toussote comme si son breuvage lui faisait le même effet qu'à moi.

— Sale histoire, si je comprends bien ? souligné-je impitoyablement.

— Et vous dites que votre adjoint a parlé ?

— Qui peut résister à certaines denrées chimiques, monsieur le Secrétaire ? Je suppose que, mieux que quiconque, vous devez en connaître les effets ?

Il réfléchit.

— Il a dit quoi ?

— Mon Dieu (si je puis m'exclamer ainsi en pays matérialiste) il a dit ce qu'il savait et que vous m'avez tout à l'heure fort succinctement résumé. Dois-je comprendre que vous ne connaissez pas nos visiteurs ?

Au lieu de répondre, il se lève et retourne s'asseoir à sa table. Décroche son bigophone et compose fiévreusement un numéro.

Je profite de son énervement pour vider le contenu de mon godet sur la terre d'une plante verte beaucoup plus sobre généralement.

Grozob jacte, lentement pour démarrer, puis son débit s'emballe et monte. A un certain moment, il lit à son interlocuteur les noms portés sur les cartes d'identité.

Pas à la noce, le Secrétaire. M'est avis qu'il est en train de jouer sa carrière et, qui sait ? sa peau. Confusément, il doit regretter de ne pas être resté devant son Dubonnet.

Je visionne pour la énième fois cette pièce qui lui tient lieu de terrier. Car il se terre ici, le Seigneur Socialiste, un peu comme le père Staline se placardait dans sa datcha où on l'a trouvé agonisant, paraîtrait-il, un beau jour.

Siméon Grozob est en train de se demander comme il va s'y prendre pour se maintenir encore. Son équilibre politique foire vilainement. A cause de bibi, dans le fond.

S'il savait que c'est moi qui lui ai chouravé sa belle prunelle de verre, sans doute me traiterait-il plus durement.

Voilà, ça y est : le camarade a fini de jacter.

Il remet le combiné sur sa fourche et oublie de

le lâcher. Il semble rêveur. Indécis. Tu dirais quelque grand vieux fauve aux abois. Il sent la battue qui s'approche, Grozob.

Il moule enfin le téléphone pour appuyer sur le contacteur d'un interphone. Jacte brièvement. Une voix féminine lui répond : sa grognasse, j'ai dans l'idée.

Ayant lâché ce qu'il voulait, il appuie sur un timbre. Tu parles d'un salmigondis de bitougnots. Le gorille qui m'a introduit s'annonce (non, je n'ajouterai pas apostolique, comme d'ordinaire, compte tenu du lieu peu ad hoc). Le Secrétaire lui donne des instructions, à voix presque basse, d'un ton particulièrement calme. Peut-être que le zig en pull roulé ne pige les choses qu'au ralenti. Dans les cas graves, faut lui passer le *replay*. Il écoute avec ses oreilles de catcheur fini, pige avec son cervelet de primate en rade, acquiesce avec son chef en tête de marteau. Sort.

Siméon vient se servir un nouveau grand godet de sa saloperie. S'avisant de ma présence, puis de mon verre vide, il m'en propose, mais je dénègue véhémentement. Il y va de la vie d'un vaillant philodendron, et je ne suis pas végétalicide.

— Gros problème, Excellence ?

Il consulte sa montre.

— J'attends le ministre de l'Intérieur.

— Il savait qui étaient les gens dont je vous ai fourni l'identité ?

Grozob hausse les épaules.

— Il prétend que non.

Youyouille, cette béchamel ! Son « il prétend

que non » laisse supposer que l'homme lui ferait du contrecarre. Décidément, ça se déglingue rapidos autour de son Excellence. Mais elle s'est ressaisie et a retrouvé tout son calme.

— Et moi, dans tout cela ? je me risque à demander.

Il me dévisage.

— Nous allons voir. Vous êtes bien certain que mon œil est resté en France ?

— Je vous en donne ma parole.

— En lieu sûr ?

— Un coffre-fort situé dans les locaux de la police vous paraît-il « un lieu sûr », Excellence ?

Il opine, soulagé.

On toc-toque à la lourde. C'est pour la seconde fois Mme Grozob. Elle a passé un tailleur de cheftaine.

Elle demeure dans l'encadrement. Son Vieux se lève et va l'embrasser. Curieuse étreinte, pleine d'une indicible tendresse. Et qui ressemble à un adieu. Dis-moi, mais ça m'a l'air d'aller plus mal encore que je ne l'imaginais pour Siméon. Voilà qu'il expédie sa rombière à la campagne, à cette heure ! Merde, il doit craindre, le bougre.

La gravosse lui chuchote des choses d'une voix enrouée, en le tenant par la nuque. Il fait « oui oui ». C'est triste. Ils ne pleurent ni l'un ni l'autre, pour un peu, c'est presque ma pomme qui irait de mon voyage.

Il l'accompagne un brin, dans le couloir. Par la porte restée ouverte j'aperçois le gorille, vêtu d'une canadienne et coiffé d'un gros bonnet de laine.

Bruit de porte, puis de bagnole.

Grozob revient. Il écluse un nouveau gorgeon d'alcool.

Moi, à cet instant, je me dis qu'il est préférable d'être député du Cantal plutôt que Secrétaire du Parti Bulgare. Et aussi, une question se tortille dans ma gamberge, relative à mon proche avenir.

Peut-être ai-je trop joué avec le feu ? C'est passionnant, les expériences, jusqu'au jour où une cornue t'explose à la gueule.

Un temps vide. Je découvre le tic-tac d'une pendulette à laquelle je n'avais encore pas prêté attention.

Enfin quelque chose s'opère : un brusque remue-ménage. Des voitures s'arrêtent en freinant sec devant la résidence du secrétaire. Doit y en avoir au moins trois.

Grouillement de pas. Heurts.

Grozob a un étrange sourire lointain.

— Les instants finissent toujours par arriver, me dit-il.

Et il va remettre sa bouteille d'alcool et nos deux verres dans le placard.

CHAPITRE HUITIÈME DANS LEQUEL CE QUI SE PASSE TE LAISSERA PANTOIS (AU MOINS).

Les instants finissent toujours par arriver...

Depuis combien de temps l'appréhendait-il, celui qui se goupille présentement ?

Des années ?

Il devait mal dormir en l'envisageant. Traîner cette redoutable arrière-pensée comme une maladie incurable.

Et voilà que ce fameux instant radine, avec un bruit de grolles. Pour lors, il paraît presque soulagé à travers l'angoisse qui lui embue le front, mon pote Siméon. Il guette la lourde. Ecoute survenir ces pas sans retenue, pas appuyés de soudards pour qui tout sol est en conquérance.

On frappe à la porte et il crie d'entrer.

C'est le gars au pardingue de cuir verdâtre qui ouvre. La frite décomposée, presque de la couleur de son manteau. Ils sont unifiés, le vêtement et sa gueule, dans les tons bronze patiné.

Il murmure quelques bulgareries. Grozob

acquiesce et répond : « qu'il entre », je pige à l'intonation. Toujours cette superfluance des mots... Des expressions, des intonations, et le vocabuloche peut aller se rhabiller.

Le verdâtre s'efface, comme on dit puis dans la littérature domestique à prix honnête, pour laisser passer un homme impressionnant. Il est grand, gros, avec une barbe noire et frisée bien taillée. Il porte une pelisse grise à col de fourrure noire. Des bottes fourrées. Il garde ses deux mains dans ses poches.

Grozob lui adresse des mots de bienvenue, je suppose. L'autre monosyllabise. Grozob désigne un siège.

— Asseyez-vous !

Je te reconstitue à l'estimation.

— Non, merci, camarade, rétorque le gros barbu. Tu vas mettre un manteau et nous suivre.

— Où cela ?

— Tu le verras, considère-toi comme étant destitué de tes fonctions et en état d'arrestation.

— Qui a pris cette décision ?

— Le Grand Conseil Chmurtz, répond le personnage à la chaude pelisse, impavide (ou ssible, au choix).

— Quand ?

— Peu importe, fais ce que je te dis !

— Je ne quitterai pas mon poste tant que le Scodbeleff Klappatios ne me l'aura pas signifié, fait Grozob, non sans une certaine noblesse de ton, d'allure et autre.

— Epargne-moi de t'emmener par la force, soupire le barbu en sortant un étui à cigarettes de sa poche.

Ce sont de grosses cousues à papier jaune. Il en visse une entre ses grosses lèvres et l'allume au moyen d'un briquet à essence qui pue comme le naufrage d'un pétrolier au large des côtes bretonnes.

Pendant que Grozob regarde son sous-main d'un air perplexe, le visiteur du soir demande en me désignant :

— C'est le flic français ?

— Oui.

— Il va devoir nous suivre aussi.

Puis, à moi, en français dans le texte :

— Apprêtez-vous à nous accompagner !

— Pas question, réponds-je, je suis un fonctionnaire français et...

— Cela ne vous dispense pas d'être arrêté pour atteinte à la sûreté de l'Etat.

— Je n'ai jamais...

Il balaie mes objections d'un claquement de doigts agacé.

— Vous parlerez quand on vous interrogera

Là-dessus, le barbu s'écarte et fait un signe

Des types très tibulaires arrivent, gueules d'ombres, z'yeux d'acier, mâchoire en tiroir bloqué. Fringués sinistres. Ils sont cinq. Emplissent la pièce comme cinquante. Occupent tout l'espace. Ils ne bronchent ni ne parlent. Respirent-ils ?

— Allons-y ! enjoint le camarade à barbe.

Vaincu, Grozob se redresse, va ouvrir une penderie pour y prendre un manteau à carreaux écossais dans les teintes marron-beige.

Il le boutonne posément, prend une toque de fourrure et, par son attitude, indique qu'il est prêt. Je me sens peu euphorique. Du train où vont les choses, je risque fort de moisir dans des fesses-de-basse-fosse jusqu'à ce que des champignons de Paris me poussent sur la plante des pinceaux.

J'ai l'impression de tourner dans un film et de jouer un rôle dûment répété. Me semble presque percevoir le doux frisson de la caméra en action et recevoir la chaleur tonitruante des projos en pleine poire.

Nous sortons.

Et alors, là, c'est chiément impressionnant, mon pote. Tu constates que tout ça n'est pas de la plaisanterie, non plus que du cinoche. Plusieurs tires sont alignées devant la résidence à Siméon ; des grosses bagnoles hautes sur pattes, espèces de fourgons grillagés.

Des soldats battent la semelle sur le trottoir.

Les gonziers en civil nous invitent à prendre place chacun dans une tire différente, Grozob, son verdâtre et moi.

Me voici sur un banc luisant d'usure. Le fourgon pue le feutre mouillé, le mauvais tabac, les pieds...

On décarre. Cortège.

Je suis en compagnie de militaires armés qui ne mouftent pas. Tout le monde paraît se faire chier à outrance. Les plus optimistes rêvent de leur lit. Le sommeil, c'est une ultime forme de liberté, somme toute.

Le convoi ferraille et teuf-teufe par les rues vides. Des flocons de neige tournoient dans l'air noirci. On longe une avenue mal éclairée. On passe devant une église dont les clochers à bulbe sont ramassés en forme de grosse grappe, et qui luisent à la clarté lunaire. Je me sens loin de tout, perdu...

En somme, je vis une page d'histoire. Demain, la presse de mon dentier, pardon, je m'égare : du monde entier, relatera ce qui est en train de s'opérer. Mais en quels termes ? Siméon Grozob, le secrétaire général du Parti communiste bulgare destitué de ses fonctions. Ou bien « démissionné » de ses fonctions.

Le convoi quitte le centre. A nouveau, on longe des cités ouvrières auxquelles des lampadaires clairsemés donnent un aspect angoissant. Tout cela est funèbre.

Nous gagnons une prison excentrique, je suppose ? Le cortège roule bon train. Mon fourgon chlingue de plus en plus. Les troufions, dans leurs capotes pisseuses, dodelinent au gré des cahots. Leurs armes sentent la graisse. Ils portent une étoile rouge à leurs kibours. Pensent-ils ? Et si oui, à qui, à quoi ?

Bientôt, on ralentit. Voici qu'on tourne à quarante-cinq degrés pour s'engager dans un chemin bordé de hauts murs.

Et puis, au bout de quelques centaines de mètres, nous stoppons. J'essaie de mater à travers la vitre défendue par un fort grillage. L'endroit est certes rébarbatif, imposant, même, mais ne ressemble pas à une prison. Il n'est pas conçu de la même manière.

Un civil me touche l'épaule et m'invite à descendre.

Je déboule sur une vaste esplanade éclairée par quatre gigantesques projecteurs où sont rangés des camions industriels dont la raison sociale est peinte en caractères blancs sur les ridelles.

Des effluves métallurgiques m'agressent. Ça pue la ferraille et l'huile chauffée. Je constate que Siméon Grozob est déjà descendu. Il est seul. On m'indique de le rejoindre. Le barbu est là, son gros mégot jaune fiché aux commissures des lèvres, les mains toujours enfouies au fond des poches de sa pelisse. Quatre civils nous encadrent et nous nous dirigeons vers une immense porte vitrée coulissante, elle-même percée d'une porte plus petite par laquelle on nous force à passer.

C'est bien d'une usine qu'il s'agit. D'énormes machines se dressent sous un formidable hangar, sorte de troupeau de mammouths immobile et silencieux. L'éclairage y est chiche, pourtant, à une certaine distance, il y a comme une clairière lumineuse où se tiennent cinq personnes. Grozob se fige en les apercevant. Il a de bonnes raisons pour, du moins une : parmi les cinq se trouvent sa femme et son gorille à tête de marteau.

Il regarde le barbu et le barbu lui décoche un sourire ironique, presque diabolique, moi je trouve, et pourtant je hais l'excès, tu me connais. L'air de dire au Secrétaire . « Mais oui, mon vieux, nous étions déjà autour de chez toi à faire bonne garde lorsque ta bonne femme a voulu s'enfuir. »

Nous recollons au groupe, outre les deux personnes citées, se trouvent deux flics et un gars habillé en bleu de travail. Sa combinaison graisseuse est serrée à la taille par une large ceinture de cuir. Il est presque rouquin, avec une forte moustache stalinienne et des petits yeux enfoncés.

Mme Grozob est blafarde. Voyant surgir son époux, elle se précipite vers lui. Et Siméon lui passe le bras sur l'épaule dans un mouvement protecteur très émouvant, franchement, je te raconte pas de salades. J'en sais qui chialeraient comme dans des pots de chambre en visionnant une scène pareille

Alors voilà ce qui va se passer maintenant, Ducon. Je te requiers toute ton attention, merde, c'est grave, arrête de bouffer ta saloperie de chewing-gum qui te fait ressembler à une vache !

Le vilain barbu dit deux trois mots, pas plus, à ses sbires. Les deux gus qui surveillaient dame Grozob et son chourineur à pull roulé passent des menottes aux poignets du gorille. Après quoi, ils l'entraînent vers une échelle de fer, assez roide, fixée parallèlement à une énorme machine composée de cylindres superposés Ça ressemble un peu à des rouleaux de papier empilés dans une fabrique, sauf que les rouleaux sont en acier.

Parvenu au pied de l'échelle, le gorille renâcle pour l'escalader. L'un des deux vilains sort un couteau de sa manche, dégage la lame à ressort d'une pression du pouce, et se met à lui larder les meules. Pas de l'asticotage, comprends-moi non, non, de violents coups de sacagne impitoyables. Que chaque fois, la lame pénètre de cinq à dix centimètres dans les miches au gonzier

Le gorille, pour lors, crie de douleur, mais force lui est de gravir les échelons à la suite du premier flic, l'autre continuant de le pousser au cul du bout de sa rapière.

— Que comptent-ils faire, camarade ? demande Grozob au barbu.

Du moins estimé-je qu'il pose une question de ce baril.

— Tu vas voir, dit l'autre sans se biler.

Curieux mec. On sent qu'il vit son heure. C'est « sa » nuit décisive. Il déguste chaque instant avec une délectation silencieuse qui en accroît la volupté.

Les trois mecs sont parvenus sur une passerelle étroite qui surplombe le bloc-machine Les deux flics poussent d'un commun accord le malheureux gorille, lequel bascule et choit entre deux formides rouleaux.

Aussitôt, l'homme à la combinaison bleue demeurée en bas enclenche des manettes. Un sourd grondement se fait entendre et les cylindres se mettent à tourner. Là-haut, le gorille est comme happé. Les cris qu'il pousse, tu ne les oublieras jamais ! Indicibles, tu comprends ? La gueulée surhumaine. Le fin fond extrême de l'horreur. Voilà que ses cannes s'engagent dans le laminoir. La machinerie, inexorable, le bouffe lentement. Il s'enfonce avec une lenteur majuscule au cœur de cet engin fait pour laminer l'acier, et qui se joue de la chair humaine, tu parles Charles !

Le voici happé jusqu'aux genoux. Ses beuglements continuent, mais en s'affaiblissant. Mme Grozob défaille Elle dit, en bulgare, bien sûr, mais c'est pathétique tout de même : « Oh ! Grand Dieu ! Arrêtez ! Vous n'avez pas le droit ! Je vous en supplie ! » Tout ça, bien, d'une voix blanche, œuf corse. Puis elle se voile les yeux.

Grozob apostrophe Pivot, qu'est-ce que je raconte, moi : apostrophe le barbu d'un ton cinglant. Il lui dit comme ça qu'il est barbare, digne d'un capitaliste américain ! Indigne d'appartenir au P.C., ni d'être bulgare et autre..

Mais le barbu se contente de contempler le spectacle d'un œil satisfait.

Là-haut, le gorille n'émet plus que d'ultimes geigneries. Il agonise. Pris jusqu'à l'aine, pis que broyé, réduit limande ! Filet de sole dans un carton à dessin.

S'enfonce, s'enfonce dans le mugissement vorace du formidable appareil à rouleaux, qui fait « arrrhvrouhhhhhmmmm » (à peu près, sauf qu'il doit y avoir davantage de « h » aspirés avant de servir).

Il est laminé au niveau de l'hypogastre

Grozob s'occupe de sa dame qui vient de s'écroulaga, terrassée par l'horreur, cette chérie

Un moment interminable s'écoule Le gorille n'a plus la moindre réaction, vu qu'il est davantage mort que le cousin germain de Vercingétorix (celui qui avait du diabète) Et puis le laminoir continue de le laminer, et alors, extrémité de la nuit, apothéose de l'insoutenable, le corps se met à réapparaître, épais comme une tarte au citron, large et sanguinolent, et déchiqueté Semblable à quelque odieuse silhouette humaine grossièrement découpée dans de la chair à pâté

J'essaie de défrimer les assistants. Ils ne se signalent pas par la luisance de leurs pommettes, mais enfin, ils tiennent le choc.

Et voilà, le Gorille a disparu.

N'est plus qu'une flaque grotesque, de la viande à tartiner.

Le barbu s'approche de Grozob, et, écoute bien ; mais alors n'en perds pas une broque ou miette, l'artiste, c'est du sérieux, la finalité de la séance Tu penses que le gorille laminé constituait seulement les amuse-gueule. Ce qui va suivre sera plus palpitant Y a progression dans l'atroce

L'homme à la pelisse parle à voix basse. Il chuchote presque, mais son organe grave et l'acoustique du local permettent de définir ses paroles

Selon moi, et tu peux me croire, je me crois bien ! Selon moi, dis-je, il est en train de lui poser un marché joli. Style : tu me dis ton secret, et on vous embastille purement et simplement, ta rombiasse et toi, ou tu refuses de parler, et alors c'est mémère qui va avoir droit à la séance de pressing

Je suis parfaitement cela sur le visage fou de détresse de Siméon Aux regards éperdus qu'il pose sur sa moitié Pas qu'elle soit laubée, la chérie, mais il y tient Trente-cinq ans de conjugat Des enfants, probable ; des cataplasmes, des chagrins affrontés en commun. Il l'a eue vierge, lui a fait gonfler le ventre A subi sa méno Des choses, la vie Les habitudes sempiternelles Elle fut sa confidente, le principal témoin de son action Elle a su ses défaillances

A vécu ses espoirs. Elle a tremblé pour lui, s'est réjouie de sa réussite. A partagé les luttes, puis les honneurs. L'attelage, quoi ! Hue, cocotte !

Et voilà que son ancien compagnon, le barbu, infâme traître, Ganelon, Judas, lui pose ce marché effroyable.

Pour montrer que ça n'est pas du charre, il ordonne qu'on escalade la vieille (1) sur la passerelle. Elle est toujours évanouie. Cette fois, ils se mettent à nombreux pour la grimper, tant est roide l'échelle et inerte la victime.

Mais alors ? Attends, espère... Mais alors, me diras-tu, que devient le fameux Santonio dans ce circus ? Il fait quoi t'est-ce, le beau commissaire ? Simple témoin ? Il assure la retransmission et point à la ligne ? Pas dans son tempérament, ça, au noble fougueux. Ame d'airain, l'Antonio. Indomptable !

La situasse, il tente de s'y adapter. Faut qu'il va la dominer, comme dirait mon cher Bérurier, lequel est en train de pioncer, à l'hôtel *Varna*.

Et un élément intéressant le fascine, mister commissaire. Un détail pas négligeable dont il faut que je te relate.

Tout à l'heure, quand les deux vilains ont forcé le gorille à grimper, celui qui lui lardait le joufflu a lâché son ya, une fois là-haut, à cause d'un mouvement de cul de sa victime. Le couteau est tombé sur un cylindre d'acier, ensuite sur un autre, et commako jusqu'au sol où il a amorcé un traînard sur la droite. D'où je suis, je l'aperçois comme je te vois, à pas dix

(1) Pas français, mais t'emmerde

mètres de moi. Ce serait mignon de le récupérer, non ? Mais faut y aller molo sans trop se faire retapisser.

Présentement, la position de chacun est quoice ?

Nous avons : le barbu, six sbires, un ouvrier.

Quatre des sbires sont en train d'hisser mémère jusqu'à la loge présidentielle. Le barbu entreprend Grozob. L'ouvrier, aidé d'un flic, déménage le corps suraplati du gorille dans un grand rectangle de plastique. Le dernier sbire nous surveille.

Faudrait qu'il pense à autre chose, le gueux. Qu'il regarde ailleurs.

Barbu et Grozob discutent. Grozob, sa nature foncière l'empare, le domine. Il n'est pas de la race des gens qu'on réduit. S'il cédait au chantage, il n'aurait pas occupé ses hautes fonctions pendant tant d'années !

Sans doute qu'il dit « Va te faire mettre, camarade, quoi que tu fasses, je ne parlerai jamais », car le barbu crie aux autres de là-haut de filer Bobonne dans les rouleaux.

Ce qu'ils s'empressent de faire

Moteur !

Ça tourne !

Laminage de Mme Siméon Grozob, première !

Pour la seconde fois, le monstre haletant se met en marche.

Ça réveille la daronne, espère ! On n'a jamais trouvé mieux pour arracher les gens au sirop, non plus que pour traiter les cors aux pieds.

Son cri ! C'est pas l'air de la Strada joué au piano punaise, crois-le !

— Arrêtez ! crie Grozob.

Le barbu répercute l'ordre. La machine-outil stoppe. La vioque a les deux pinceaux carbonisés et repart aux quetsches.

Alors, là, on se pointe carrément dans du Shakespeare de la belle année. Pour *Stratford on Avon*, en voiture siouplaît !

— Elle ne sait rien ! Personne d'autre que moi ne sait ! Et vous ne saurez jamais rien, bande de maudits ! hurle Siméon Grozob.

Il porte la paume de sa main à sa bouche et gobe quelque chose. Le temps de compter jusqu'à un, virgule zéro cinq, le voici qui tombe raide mort.

Confusion !

Le barbu est médusé. Là, il les a bités savamment, le secrétaire général !

Le sbire de garde se précipite, l'ouvrier rouquin idem.

Si bien que le très considérable Sana, jouant son va-tout avec brio, brioche et le reste, peut se couler jusqu'au couteau et s'en saisir.

Hélas, le barbu qui a l'œil à tout s'aperçoit de la chose.

Il me désigne en bulgarant à pleine vibure.

Et mes réflexes parlent.

Ça doit venir de la technique Alex Andri. J'ai été trop bon élève. Surdoué en tout, l'Antonio ; chez nous autres d'élite, on ne peut s'empêcher. L'instinct, c'est la fulgurance de l'individu. Le mien établit un rapport instantané entre le couteau ramassé, le tortionnaire qui me désigne à ses sbires et mes nouveaux dons de lanceur.

Pas à réfléchir, non plus qu'à décider : vzoum, c'est parti !

Et ça arrive.

A bon port.

A bon porc, puisque dans la brioche du barbu. Jusqu'à la garde. Sifflet coupé, tu penses ! Il ne porte même pas ses mains sur le manche du surin. L'étrangeté de la scène, c'est qu'il continue de rester debout, les pognes enfouies dans les vagues de sa pelisse. Je n'ai plus le temps d'admirer le panorama.

Un pour tous, moi pour moi. Il y a des moments, dans l'existence, où votre propre santé passe avant les vieilles dames et les paralytiques dans le métro.

Je pique un sprint de dessin animé à travers l'usine.

Dieu merci, ne se trouvait éclairée que la zone opérationnelle. Je fonce donc dans la pénombre à travers les gigantesques engins, sans savoir où je vais, mais foutrement pressé d'y parvenir.

Derrière moi, on tire des rafales de mitraillette. Ça glingue-glinge tout azimut. Pas le temps de réfléchir sur la conduite à suivre. Je file en louvoyant, contournant une machine, et une autre... Mes poursuivants ne mitraillent plus, mais galopent sur mes talons.

Je finis de traverser le gigantesque local. Me trouve face à un mur de briques. Et alors, l'Antoine de tes deux chéries, qu'est-ce que tu décides, mon bout d'homme ?

Pour commencer, j'ôte mes mocassins et les fourre chacun dans une poche de mon veston. Il me semble que le temps suspend son vol de rapace. Cela fait comme si l'existence s'enlisait dans un plan fixe. Je regarde autour de moi, à la faible lueur lunaire perçant les verrières poussiéreuses. La ténèbre est au sol. La clarté commence à se faire au-dessus de mes épaules. Et alors tout m'apparaît, avec une netteté impressionnante. Seulement, il faut faire fissa.

J'escalade une échelle de fer semblable à celle qu'on fit gravir au pauvre gorille. Me voici sur la passerelle huileuse. Au-dessus d'elle pend la chaîne d'un palan coulissant. Au bout de la chaîne, un énorme crochet monté sur poulie qui doit peser au moins trente kilos. Je le biche, lui imprime un balancement et le propulse en direction de la verrière. La masse d'acier pulvérise le vitrage, y ouvrant une brèche d'un bon mètre carré.

Je virgule mes pompes par l'ouverture ; puis, avec une célérité qui n'a d'égale que ma discrétion, je me jette sur les rouleaux d'acier et m'y allonge. D'en bas, il est impossible de m'apercevoir. Ma ruse va-t-elle donner le cambio ? La suite nous le dira.

TU VAS VOIR COMMENT, AU COURS DE CE CHAPITRE RÉELLEMENT NEUF, PAS PIQUÉ DES VERS, JE M'ENFONCE DE PLUS EN PLUS DANS DU BLANC.

Et qu'or donc sur moi cette troupe s'avance

Le bruit du bris a guidé mes poursuivants. Ils sont là, au pied du laminoir, braquant la lumière de leurs torches électriques sur le crochet qui continue de se balancer, puis sur la brèche ouverte dans la verrière. Ça discutaille ferme Ensuite un détachement s'éloigne au pas de charge, et je pige qu'il va jeter un z'œil à l'extérieur. Du temps passe. Oui · j'entends des bruits de voix, dehors, au niveau de la brèche Un type crie qu'ils ont retrouvé mes tartines Idée géniale que j'ai eue là. Grâce à cette ruse, ces messieurs ne doutent pas que je sois hors de l'usine. Ceux qui attendaient, auprès de ma machine, s'éloignent Longtemps, je continue de percevoir des cris, des piétinements, des appels. Et puis, il s'opère un break en moi, terrassé par la fatigue, l'émotion, le reste, d'autres trucs encore, je m'endors brusquement couché entre deux rouleaux d'acier

***

Sommeil de courte durée, mais réparateur. Le temps de soulager ma carcasse et mon esprit, de reprendre haleine, de puiser une énergie nouvelle. J'ai dû en écraser une heure, tout au plus En écraser sur un laminoir, faut le faire, non ?

Ayant recouvré ma pleine lucidité, je tends l'oreille. Tout est silence autour de moi.

Un silence de catacombes. Je laisse filocher quelques minutes, tous mes sens aux aguets ; mais je comprends qu'il n'y a plus personne dans l'usine Rassuré, je descends de mon étrange couche pour chercher une issue.

Sortir par la grand-porte, je préfère ne pas. Gidien, mézigue, dans ces cas-là. La porte étroite est plus avantageuse. Ayant fureté, je découvre un local vitré réservé aux vestiaires, douches et toilettes. Pile ce qu'il me fallait, dis donc ! Des fenêtres basculantes aèrent les lieux. Je risque une tronche à l'extérieur. J'avise un horizon d'usines, à perte de vue ; avec des pylônes à haute-pension (comme dit Béru) et, çà et là, des lampadaires blafards. Le ciel se couvre, s'alourdit Curieux comme il devient noir avant de cracher sa blancheur.

Un rétablissement des plus classiques et me voici *out* Jouant les Figaro, je rase les murs.

Où aller ? Au hasard, c'est préférable. S'en remettre au pif, ou à la Providence.

Alors je longe jusqu'au bout le bâtiment, traverse en rampant une zone dégagée pour aller me plonger dans l'ombre d'un autre, et ainsi de suite, jusqu'à ce que je parvienne à l'extrémité de ce complexe sidérurgique. Maintenant, je débouche sur une espèce de terrain vague qui sépare l'usine d'où je viens d'un second groupe de bâtiments aux toits en dents de scie. Courbé en deux, je m'élance. Et là, mon pote : the tuile, my birthday ! La scoumoune ! Pour une déforme, c'est une vraie déforme ! La toute grande tartine de merde en branche ! Une chiée de projecteurs m'illuminent comme si je traversais la plage de Saint-Trop' à midi.

Une voix, dans un haut-jacteur, crie :

— Stoooop !

Les petits futés se gaffaient bien que je n'avais pu aller bien loin, alors ils se sont mis à l'affût. Et crois-moi, mais y a du trèpe pour m'assurer une haie d'honneur. J'aurais obtenu la grande palmure dorée au Festival de Cannes ou de Pointe-à-Pitre, on ne me mettrait pas davantage en lumière.

N'écoutant que mon courage (coudésespoir, couvieillessennemie) je place ma pointe de vitesse. Du courage, il en faut pour s'enfuir dans de telles circonstances, avec une demi-douzaine de projecteurs qui t'arrosent, et des flingueurs répartis en arc de cercle. Je te parie ton drap de dessous contre mon drap de dessus qu'à ma place, tu resterais coi, les mains dressées aussi haut que tu le pourrais, en demandant pardon à la Sainte Vierge Marie d'être né et d'avoir enfilé tellement de gonzesses que je ne saurai jamais combien.

Le feu se déclenche. Je me laisse choir sur le

sol. Vive l'herbertisme ! Le terrain est défoncé Il y a des monticules, des fondrières, de profondes flaques d'eau. Je repte mieux qu'un alligator qui a les boy-scouts de la maison Hermès au fion. Vite-vite. Les balles sifflent, crépitent, fendent des cailloux, perforent des déchets métalliques. Je me dis très succinctement ceci : « Tant qu'ils mitrailleront ils ne pourront s'élancer à ta poursuite. L'enjeu consiste donc à ne pas être touché. » C.Q.F.D !

Par très grande veine, j'atteins une sorte de tranchée dont mes mitrailleurs n'ont sûrement pas une notion précise. M'y laisse couler avec soulagement et me mets sur mes patounes afin de courir pour de bon. Je parviens à tracer sans m'élever à plus de soixante centimètres du sol, ressemblant probably à ces acrobates cyclistes qui parviennent à se déplacer sur un vélo qui tiendrait dans le soutien-loloches d'un travelo.

La tranchée file droit ; sans doute s'apprête-t-elle à héberger une canalisation ?

Lorsque le feu cesse, je suis au bord d'un chemin de terre qui longe la seconde usine. Les projecteurs ne peuvent plus m'atteindre. Allons, du nerf, commissaire. Crache-toi sur les doigts de pieds et montre-nous un peu ce que c'est que de conjuguer le verbe courir au présent de l'indicatif musclé.

***

Suppose une immense ferme très plate, tout en toits (et en camions de laitier). Des bâtiments disposés en quinconce. Cela sent le laitage, odeur aigrelette qui frise celle du dégueulis.

Je suis exténué, vidé, rincé, à demi mort. Plus de jambes ni de souffle. Une forge dans le poitrail ; les tempes qui bourdonnent comme une ruche ; la sensation désobligeante que mon cœur en a classe d'expédier du sirop de vie dans mon réseau et qu'il veut aller vivre sa vie ailleurs.

La neige s'est mise à tomber dru. Avisant un tracteur, remisé sous un hangar, j'escalade son marchepied, ouvre sa portelle vitrée et me love sur le plancher.

Voilà, je suis au bout du rouleau (pas de ceux du laminoir : du mien). C'est tout ce que je peux faire pour ma santé ; à partir de dorénavant, je déclare forfait. S'ils viennent m'arracher à cet engin agricole, c'est que mon bol proverbial se sera fêlé. Il ne m'est plus possible d'ajouter un geste à ce qui précède. Ma fuite insensée, éperdue, tragique, sous les balles... Ensuite talonné par une horde silencieuse dont les pas nombreux composaient une sorte de roulement, comme celui que produit un troupeau de buffles en fuite. Et puis le bruit a diminué. Et j'ai continué de cavaler à travers la nature, cherchant l'ombre à tout prix. A courir au point de sentir mes jambes pénétrer dans mon buste. Qu'à présent, si tu as une glace à trumeau à me présenter, je suis sûr-certain de ressembler à un nabot (Léon) de Vélasquez.

Ma poitrine incandescente ne se refroidira jamais. Et pourtant, Dieu sait qu'il ne fait pas chaud dans ce tracteur. Je suis engourdi au bout de dix minutes. Continuant d'haleter et d'essayer de réorganiser ma respiration. Tout mon corps grelotte de dénuement extrême. Jamais je n'ai ressenti une telle fatigue, du moins, cela fait au moins cinq ou six polars que ça ne m'était point arrivé.

Je reste coincé entre les pédales du tracteur et les montants métalliques du siège. Ça pue le fumier et le caoutchouc pourri. Mes pinceaux privés de chaussures deviennent (Autriche) de marbre ; marbre de sépulcre plutôt que marbre à garnir les salles de bains.

Je reste blotti, n'ayant que ma propre chaleur pour me réchauffer, que ma vitalité pour me récupérer. J'écoute, mais ce que je reçois, en fait de son, est perdu dans l'espace, comme illusoire ; en tout cas ne semble pas me concerner. Merde, tu parles de coriaces, ces mirontons ! Charogne, ils en veulent, quand ils traquent un gusman ! Tu parles d'une chasse à courre. Et l'Antonio jouait le rôle de renard. Heureusement qu'ils n'avaient pas de chiens à disposition !

Le cadran lumineux de ma tocante marque 3 heures 10. Décidément, la soirée a été longue et rude ! Je poireaute encore un quart de plombe, captant toujours la rumeur indécise venue de l'espace. Mes poumons ont retrouvé le chemin salvateur de l'oxygène. Par contre, je ne me sens plus mes panards.

Va me falloir aviser Je dois avoir trouvé une planque sérieuse avant le jour, qu'autrement sinon, ce sera l'emballage immédiat.

Avec moult précautions, je redescends de la

cabine. Tout est infiniment tranquille. Les bâtiments s'allongent en sinuant géométriquement. L'odeur insistante du lait tourné et le nombre des camions-citernes me donnent à penser qu'il s'agit d'une fruitière. En boitillant, je pars en repérage. Tout spontanément, j'ourdis un plan qui vaut ce qu'il vaut, mais si tu as mieux à me proposer, adresse-moi tes suggestions en double exemplaire, écrites très lisiblement, en joignant pour le retour une enveloppe timbrée à ton adresse.

A musarder, dans le froid, sous les tourbillons de neige, je finis par dégauchir ce que je cherche, à savoir les bureaux de l'entreprise. Bien que ce soit rédigé en bulgare, je décide que cette annexe moins sinistre et copieusement vitrée constitue le P.C.

Une porte vitrée munie d'un volet. Je la crochète. Débarque dans une petite salle de réception, carrelée comme un labo, et limitée par un long guichet de bois verni. Enjambe ce comptoir. Des bureaux de fer, gris, très fonctionnels sont alignés. Ils supportent des machines à écrire et des piles de carnets à souches. J'ouvre l'un d'eux. Ce que j'espérais y lire s'y trouve. Manque plus que deux éléments assez complémentaires : un appareil téléphonique et un annuaire.

Je dois fracturer une deuxième porte et pénétrer dans un burlingue destiné au camarade-chef-d'entreprise pour les dénicher.

Je m'installe dans un fauteuil pivotant. Ouf ! c'est bon de déposer son baigneur dans quelque chose conçu pour le recevoir J'allonge mes cannes et me renverse un instant, les bras noués derrière la nuque.

Allez, au turf, mon gros canard. Songe que des femmes en peine d'amour se languissent de toi dans l'hexagone, à commencer par ta Félicie.

Je feuillette l'annuaire. Sofia. Hôtels. International, ce mot. Je découvre aisément l'hôtel *Varna.* Plus qu'à composer le numéro.

Ça grésille un bon bout. Le concierge de nuit doit en concasser, à moins qu'il n'y en ait pas dans cet établissement. J'insiste, insiste. Rares doivent être les appels tubophoniques à une heure aussi induse.

Enfin, une voix se met à faire pareil que quand tu bats des œufs pour confectionner une omelette.

— Do you speak english ? je l'interromps.

— Nein !

— Deutsch ?

— Ja.

Tant pis. Concentrant ma bochophonie, je lui réclame d'urgence la chambre de Herr Bérurier. Le gars tergit le verse un instant, voulant savoir le pourquoi-ce du comment-t'est-ce : mais je me fous à gueuler Polizei tellement fort qu'il s'hâte de me donner satisfaction avant que j'aie réveillé tout l'hôtel.

Là encore, ça carillonne un fameux bout avant que l'organe pour chiottes bouchées du Gros ne défèque un peu amène :

— C'qui m'fait chier la bite à c't'heure-là, merde, bordel ? On est p't'êt' chez les communiss, mais y roupillent z'aussi, les communiss, non ?

— Ta gueule, manche à burnes ! m'emporté-je.

Et, in petto je pense que Dieu est loué qu'on n'ait pas encore arrêté Mister Queue d'Ane.

En quelques phrases, je lui brosse un papier de la situasse. Il y a de quoi écrire sur la table, lui dis-je, et tu trouveras du faf à en-tête de l'hôtel pour noter. Munis-toi, je vais te dicter l'adresse où je suis.

J'épelle avec l'application requise par l'analphabétise d'un individu de cet acabit. Après quoi, je lui enjoins (juillet, août, septembre) la chose suivante :

— Saboule-toi, Mec, prends tous les fafs, ta fraîche, et la photo de ta Morue si tu l'as amenée avec toi. Cherche quelque chose qui puisse te servir d'arme, je sais que tu es ingénieux, tu trouveras. Ensuite, descends à la réception, réveille le pipelet de noye s'il s'est rendormi, et demande-lui de t'appeler un taxi. Je suppose qu'à pareille heure, ça doit être coton et qu'il faut un motif solide, en ce cas, dis que tu dois te rendre à l'hôpital où l'on vient de conduire ton frère dans un état grave. Quand tu disposeras d'une bagnole, ordonne au conducteur de te piloter à l'adresse que je viens de te dicter. Gaffe-toi bien, ça se trouve à une vingtaine de bornes de Sofia, sur l'Ouest. Il s'agit d'un complexe laitier, très bas, avec des toits de tôle verte. Si le mec refuse, menace-le : *il faut,* et je le souligne en te parlant, *il faut,* et je le re-souligne en le répétant, que tu viennes m'arracher avant le jour. Fais au mieux, mes vœux t'escortent. De toute manière, il est grand temps que tu évacues tes bas morcifs : je m'étonne qu'on ne soit pas encore allé t'emballer.

Là-dessus, je raccroche.

Ouf !

Pas tant que ça, mon pote !

Je reprends mon « ouf », et le coule pour une meilleure occasion dans le tiroir du dessous de mon slip.

Parce que, dans le mouvement que je fais pour m'éloigner du téléphone, je découvre un canon de fusil.

De l'autre côté du canon, se trouve une dame plutôt pas mal, quoique son expression manque d'aménité.

Elle est en chemise de nuit. Mais elle a enfilé un manteau par-dessus et chaussé des bottillons.

Je m'avise, très tout de suite que son index droit repose sur la détente de l'arme.

Elle me fixe farouchement. Je me demande si elle n'aurait pas envie de défourailler sans explications, histoire de se défouler un brin.

J'essaie de lui placer mon charme nocturne, goût bulgare, pour dame de trente-cinq armée jusqu'au sein droit.

— Navré de vous importuner, chère madame, soyez pleinement rassurée quant à la pureté de mes intentions..

Elle m'interrompt d'une interjection que je ne saurais te traduire sans un dico franco-bulgare mais qui devrait signifier : ta gueule !

Je la boucle.

Elle ponctue d'un mouvement ascendant de son arme.

Je me lève

Et à présent.

Elle me parle.

J'y réponds dans mon français gazouilleur, à mélodiance bivalente, que je ne pige pas, alors que j'ai parfaitement compris qu'elle me demande de sortir en levant les bras.

Moi, j'ai tout de suite réalisé que le bureau n'est éclairé que par la lampe dont j'ai actionné l'interrupteur moi-même personnellement, en chair et noce de ma propre main, laquelle était droite, si tu veux tout savoir. Le fil de cette lampe descend du burlingue pour aller chercher une prise.

— Was dites-you ? je demande à la guerrière

Et, de mon panard providentiellement déchaussé, je capte le fil, à travers la chaussette, lui fais décrire un discret tour mort après ma cheville, et attends.

— Go ! Go ! elle m'agonise, la dame.

Je lui indique, d'un n'hochage de tête, que j'ai pigé et je me mets en marche.

Un coup sec. Crac ! J'arrache le fil de la prise Obscurité. Vite, à plat ventre. Hop ! je passe sous le bureau pour revenir derrière la jolie petite grand-mère.

Bien entendu, elle comprend que je cherche à la doubler et tire deux coups, pan, pan, contre moi qui ne lui prendrais pas très cher pour en tirer un troisième avec elle. Les deux volées de plombs fracassent du matériel de bureau Comme il s'agit d'un flingot à double canon, je me dis qu'il va lui falloir recharger. Auparavant, je me redresse et l'enlace par-derrière ! Je ne m'en lasse pas de l'enlacer, chanson idiote. Ah !

la lutte ardente et noire que voilà ! C'est pas triste comme combat ! Tu sais qu'elle a pratiqué le judo, cette frangine et qu'elle manque bel et bien me jeter ! Alors là, ça me ferait mal aux seins ! Je conforte ma prise, lui passe une clé santantoniaise aux jarrets (dévots), la plie, la vaincs. Elle est étalée au sol. Je suis sol, ce soir... Autre chanson. Moi, plaqué à elle de telle sorte de façon, mon pauvre petit, que j'ai mon museau d'archange vicelard en plein sur sa chaglattoune à crinière. Car, au cours de notre lutte, sa chemise *of night* s'est retroussée, nécessairement. Dans un bouquin à moi, comment en serait-il autrement, Bazu ? Elle se cambre, la fière si (au sud de chez Lippe) (1). Pour se dégager, mais ce chemin faisant, elle me brandit, si l'on peut dire (et tu parles qu'on peut ! la preuve) son aimable trésor, que moi, nonobstant les circonstances si hautement particulières, comment voudrais-tu que je résiste ? D'ailleurs tu ne veux pas, dégueulasse comme je te sais, voyeur, branleur à deux mains, toucheur. J'y vais d'une tyrolienne à ondes courtes magistrale. Sous le signe de la Veuve Clito. Essuyez vos moustaches ! Une que ça déconcerte foutriomphalement, c'est la dame qui est autour de ma menteuse. Qu'au grand jamais, dans ses territoires bulgares, on ne parlait de choses pareilles ! Elle crie non, non, dans sa langue maternelle, moi, avec la mienne d'origine, j'accélère mon

(1) Astuce percevable uniquement par les gens instruits, que les autres ne s'y attardent surtout pas, ça leur couperait le rythme admirable du récit

San-A

credo voltigeur. Et, peu à peu, Ninette se dit que, tiens tiens tiens, c'est pas si mal que ça après tout ! Et que c'est même extrêmement bon. Et, pour aller jusqu'au fond de sa pensée : suave ! Goût suave the queen ! Elle scarabouille de la grande Albion, la chérie. Fini les regimbades. Oh ! mais c'est qu'elle découvre de l'inédit, ma flingueuse. Extase à tous les niveaux !

Trop aimable à vous, mon bon monsieur. Elle grand écarte progressivement, que ses cannes finissent par ressembler à un compas en train de tracer un cercle maximal. La taverne d'Ali Babasse ! Coupe sublime au nectar ensorceleur ! Mais qu'est-ce que je déconne, moi : ça ne s'arrange pas, la tronche ! Y a du cloaque dans mon bulbe, non ? Ils vont encore me traiter de libidineux, ces engoncés du faux savoir ! Tous les merdiques baveurs. Ratiosingeurs de mes merveilleuses couilles si altières. Vont dire que je complais dans le salace. Que je sarabande de la mouillette. Et pourtant, hein ? Je peux pas te passer sous silence l'agrément de cette minette improvisée ? Judo-bouffe party !

Je m'en goinfre, de cette nana soudainement débarquée dans mon destin, flingue en main ! Elle est délectable ! Qu'à peine eus-je le temps d'apercevoir sa figure, et déjà je suis attablé à son frifri gourmand !

Merde, y a bien qu'à moi, non ? Toi aussi ? Tu me raconteras, hein ? Dégustation à toute heure ! Son premier mouvement de défense calmé, son second mouvement de surprise surmonté, elle débouche dans les grands espaces de la volupté à l'état pur. Elle en oublie le B.K.P.,

Marx, Lénine, Paul et les autres. Le sensuel, rien ne le prévaut (1). La furie de la chatte *for ever, über alles,* merci petit Jésus, ça c'est du meuble ! Elle se met à roucouler sur son plancher, la mignonne. *Bengali song !* Aloyau, le chant des îles. Elle est tellement offerte, consentante et lubrifiée que je dois adopter la technique du crawleur pour pouvoir respirer à bon escient. Un coup à droite, un coup à gauche, et Dieu pour tous ! Merci, papa La très superbissimo séance paradisiaque, extatique, complète.

Je la drive de première, la camarade jeune dame. Lorsqu'elle est sur le point de partir, hop, hoooo ! Doucement les basses, je décélère, pas qu'elle s'envole trop vite, la belle colombe bulgare. « Chanson bulgare » il annonçait papa, quand y avait fête de famille et qu'il s'en était pris un coup dans les carreaux. Je t'ai jamais raconté, depuis le temps qu'on se pratique ? « Chanson bulgare ! » Alors il chantonnait un truc dans le genre de Hanana hanana, hrrrr, pfuuuuut ! Qu'il achevait en se mettant l'index dans le nez, puis en suçant le médius subrepticement, en laissant croire qu'il s'agissait du même doigt, papa. Les noces, les communions, baptêmes. Catholiques, apostoliques romains, tous à la maison. « Chanson bulgare ! », là, t'étais sûr certain qu'il avait sa dose, mon cher chéri, une toute belle biture dans les vasistas, et qu'il atteignait la cote d'alarme. M'man le regardait avec crainte. « Chanson bulgare », ça annonçait la couleur, le degré d'alcool, l'imminence de la

(1) Laisse-moi dire comme ça, je préfère

beurranche intégrale, profonde, qui affecterait la journée entière, de celle que seule une nuit de dorme peut guérir.

Et voilà que je l'entends, la chanson bulgare à papa, fredonnée par une fille en pâmade. Je la glousse moi-même dans la case-extase à la personne. Et puis, pour t'en reviendre, une fois qu'elle s'est ressaisie je ré-accélère pour lui remonter la mayonnaise au plus haut niveau, point de rupture, cirage. Lalalahitou, lahilahitou... C'est chouette, la vie dans ces cas-là. Tu la crois éternelle et belle, pas mesquine ni dangereuse, juste à notre convenance, quoi. Une sorte de bonheur, dans un sens.

Mais à la longue, ralentis ou ralentis pas, mon Pierrot, faut qu'elle parte en apothéose, ma noble conquête. Chanson bulgare, pour lors, ça oui, tu peux croire. Une bramance éperdue, qu'au début tu crois à un exercice d'alerte, en mélodieux. Elle fait « Vouhahahahaaaaaa yaaaa lalaaaaa ». Et ce que ce cri serait beau, dans les montagnes, le soir, au crépuscule, s'en allant d'écho en écho, à perte d'ouïe, vers les confins d'Europe centrale. Loin, tout là-bas, chez les Ruskis, et plus loin encore. J'en ai des frissons jusque sous la langue, de l'entendre. Je serais pas en train de lui filer un petit doigt subsidiaire dans l'oigne, pour lui parachever l'agrément, je me signerais, tant tellement t'es convaincu, à un moment de cette qualité, que tu le dois à Dieu seul. O, mon doux Seigneur, tu n'es pas descendu racheter nos fautes en pure perte, crois-le bien, et ta mort n'est pas tombée dans l'oreille d'un sourd !

Elle est là, ma Bulgare. Silencieuse, terrassée par le panard à grand spectacle qu'elle vient de prendre. Respirant saccadé, la poitrine ronflante. Le gars ma pomme, nanti d'un tricotin atomique, hésite à faire jouer son ventral. Une bite de cette monumentalité, faut s'en débarrasser d'une manière ou d'une autre. Tu veux te promener, toi, avec une hallebarde pareille ? Pour aller où, hé, l'aminche ?

Calcer la môme serait la moindre de mes choses. Dans l'état qu'elle se trouve, elle ne serait même pas capable de souffler sur une mouche qui lui butinerait le bout du pif. Mais justement, je me dis qu'une tringlée autoritaire manquerait d'élégance. J'ai réussi à faire reluire cette petite fée (goût bulgare) de cette délicate manière, lui sauter dessus maintenant histoire de me démembrer la mâture passerait pour une égoïsterie masculine. Les misters-videburnes de la vie, à la tienne ! Ce sont eux qui font la déplorable répute des matous. C'est à cause de leurs goujateries libérateuses que ces connes fondent l'M.L.F. Un mouvement de mal baisées et de gouines, moi je déclare depuis le début. Les glandes uniquement qui les ont incitées. Jamais tu trouveras parmi ces amazones (d'influence) des poulettes royalement sabrées, je jure. Le régiment des chattes en berne ! La carotte, nous voilà !

Gentilhomme, Antonio. Fair play (et bosse). Je me remets dans le sens des aiguilles d'une montre et dépose un baiser sur chacune de ses paupières.

Est-elle sensible à cette marque de sympathie ? Toujours est-il qu'elle soulève ses stores. Je ne puis voir ce que contiennent ses yeux, étant donné la pénombre.

— Alors, la môme, je murmure, tu admettras, je l'espère, que c'est beau, la France, non ?

CHAPITRE IRRÉVOCABLEMENT DIXIÈME, PLEIN DE SUSPENSE ET D'AGRÉMENT.

Les heures qui succèdent sont indécises. Tu vas comprendre pourquoi, avec le bout d'éponge racorni qui te tient lieu de cerveau. Une femme à qui tu viens de pratiquer la vocalise parisienne a droit à des égards ; d'autre part, malgré ma séance de langue au chat, je ne suis pas certain des bons sentiments de l'heureuse bénéficiaire. La prudence exigerait que je la ligotasse ; mais la galanterie me l'interdit. Or, Santantonio a toujours prouvé que les mots flic et gentleman n'étaient pas fatalement irréconciliables. Voilà pourquoi il opte pour un moyen bâtard, à savoir que je laisse à la chérie la liberté de ses mouvements, sans toutefois la perdre de vue.

Nous sommes assis face à face dans le bureau. Elle connaît quelques mots d'allemand, moi aussi, et l'emmerde c'est que ce ne sont pas toujours les mêmes. J'essaie de la rassurer par de la pauvre salade teutone. Invente une piètre histoire de panne, et comme quoi ayant vu la fruitière, je me suis permis d'y venir téléphoner. J'attends un ami. Je suis ravi de cette occasion de lui faire la connaissance. Je la trouve belle et délectable, ce qui est presque vrai. Elle est jolie, sensuelle je m'en suis rendu compte, malheureusement, on constate chez elle une certaine dureté d'expression.

La chère petite n'est guère causante, tout ce qu'elle consent à m'apprendre, c'est que je me trouve dans une fabrique de yogourt dont son mari et elles sont les gardiens ; mais son bonhomme est à l'hôpital pour y soigner un mal dont je n'arrive pas à saisir l'identité, ce qui n'est d'aucune importance, étant donné que son mec, je m'en tambourine les jumelles. Je viens de faire ce que j'ai pu pour lui porter chance, là-dessus, mes vœux l'accompagnent.

Une grande torpeur s'insinue, contre laquelle j'ai grand mal à lutter. La môme se lève soudain de son siège et annonce qu'elle va préparer du café. Je lui réponds que l'idée est déjà fumante (avant le caoua) et je l'escorte jusqu'à son logement. Ce dernier n'est pas chouillard : deux pièces. Une cuisine à vivre et une chambre à coucher. Mon hôtesse s'active autour d'une cafetière émaillée qui me rappelle des souvenirs de grand-mère à la cambrousse. Elle a une silhouette intéressante, et une gueule que j'aimerais confier à la maison Carita pour qu'elle lui donne l'éclat qu'elle mérite.

Bientôt, une odeur ragaillardissante se répand dans l'humble logis. La poupée sort deux bols, du sucre jaunâtre, des cuillers d'étain.

Je louche sur ma tocante. Bientôt cinq plombes ! Il en met un temps, le Gravos ! Je crains que ça n'ait foiré à son niveau. Nous ne sommes pas dans un pays où il est aisé d'obtenir un sapin à pareille heure. Sa requête aura mis la puce à l'oreille du concierge de nuit, lequel en aura informé les autorités... Tout est à redouter.

Je récapitule les événements de cette nuit tragique. La fin de Siméon Grozob, celle beaucoup plus atroce de son garde du corps. Et le gros barbu que j'ai lardé à distance ? Est-il clamsé ?

Le café n'est pas de first quality, pourtant il me dope un peu. Je vais branler qui ou quoi, moi, si Sa Majesté ne vient pas ? Où me planquer ? Ici ?

Tu parles ! Dans quelques plombes, les ouvriers de la yogourterie vont radiner et je serai marron. Car, je le sens intensément, je ne puis faire confiance à cette femme et lui demander asile. Pas le genre de la maison. Y a que dans mes autres bouquins qu'on peut lire des conneries du genre : la ravissante nana qui planque le beau fugitif, au péril de sa vie simplement parce qu'il l'a bitée de première.

Je souffle sur le breuvage, comme on le fait toujours au cinoche dans ces cas spéciaux. Un homme, une femme, la nuit, tête-à-tête silencieux. Ils se regardent à la dérobée. Monosyllabes. Soupirs. On souffle sur le café. En plus y a le tic-tac d'une horloge, mais ici, c'est une pendule électrique avec une lumière aiguille rouge qui s'en va toute seule autour du cadran, semblant dire merde à l'éternité entière...

— Quel est votre nom? je lui questionne doucement.

L'idée me vient que si le Mastar n'apparaît point, je vais entreprendre une nouvelle fois ma donzelle, lui chiquer le grand jeu, avec toutes les brêmes. La grimper royale, parcours intégral : bas en haut, emplâtrage-maison, pile-face, avec arrêts-buffets, titillages mammaires, complément dans l'œil de bronze. La réussir au-delà de tout. La mettre en folie complète. Des fois qu'elle aurait ensuite la reconnaissance du cul et consentirait à m'aider. Non?

— Ivana, elle répond.

Merde, ce que c'est choucard. Ma première Ivana. Pour fêter ça, j'avance ma main vers ses loloches, lesquels sont de taille moyenne, mais de forme et de consistance parfaites.

Ivana a un mouvement sauvage de recul. Holà! pas touche. Tout à l'heure, elle a été dégustée par surprise, mais maintenant elle reste sur ses gardes et refusera mes avances. Peut-être qu'après tout, son potentiel de jouissance est limité à un pied par vingt-quatre heures? Va-t'en savoir...

Je n'ai pas le temps de surmonter cette rebuffade désobligeante qu'un bruit de moteur se fait entendre.

Je bondis sur le pas de la porte. Une bagnole sombre est là, Bérurier descend du siège passager. Il m'avise dans le rectangle de lumière et m'écrie :

— M'v'là t'enfin, Mec. C'est pas d'la sucrette d'obtiendre un bahut, espère. T'es peinard, ici?

— Pas mal, mais...

— Jockey, j'arrive !

Mais au lieu de se conformer à cette promesse, il se met à discutailler avec son chauffeur.

— Va-t'en pas tout d'sute, mon lapin. Kome in with moi, qu'on cause ! T'es pas pressé, c'est pas l'heure d'influence !

Alors un être bizarre se dégage du volant. Un tonneau revêtu de cuir. Petit, tout rond. Le chauffeur doit posséder un tour de taille supérieur à sa hauteur.

Son manteau râpé est serré à la taille par une ceinture très large qui confirme la ressemblance de l'individu avec une barrique. Il a la tête posée directement sur le buste, sans le moindre soupçon de cou pour servir d'intermédiaire, et il est coiffé d'une gigantesque casquette à visière marxiste-de-l'Est. Mon pote lui met la main sur l'épaule et s'avance vers le logis de gardien.

C'est seulement lorsqu'ils débouchent dans la lumière que je réalise la vérité : le chauffeur d'Alexandre-Benoît, contre toute apparence, appartient au sexe féminin. Il n'ajoute rien à sa gloire, convenons-z'en. Pourtant, c'est bel et bien une femelle qui pénètre dans la cuisine d'Ivana. Tronche comme une boule, pommettes violacées, bouche aux lèvres lippues, nez camard, yeux minuscules, frangés de cils décolorés. The monstre !

— B'jour maâme ! fait le Gravos à Ivana. Hmm, qu'est-ce j'aspers-je : du caoua ! V'là qui tombe à pic.

Ce qu'il y a de forcené, chez Bérurier, c'est qu'il ne s'étonne pratiquement jamais de rien. Il accepte sans barguigner n'importe quelle réalité. Ainsi, ma présence en cet endroit ne lui pose aucun problème et il salue mon hôtesse comme s'il s'agissait de la vendeuse d'un magasin où il vient d'entrer.

— Grand, me dit-il, en désignant le tonneau, j'te présente ma dernière conquête : Mme Slavadsoua, chauffeuse professionnelle qu'on a aussitôt eu l'coup d'foutre, moi et elle, l'un pour l'une et l'une pour l'autre. Croise en ma vieille expérience, mais c'te pétroleuse doit raffoler la biroute chercheuse. Dieu d'Dieu, elle a répondu présent à mes avances qu'c'en est une bénédiction. J'l'eusse bien fourrée dans sa tire, mais outre qu'on s'serait caillé les meules, vu qu'elle est pas chauffée, les routes sont pleines de militaires. On a été arrêtés au moins quat'cinq fois. C'te doudoune a un bagout d'marchand' d'poissecaille. Et en bulgare, j'te précise ! Chaque fois, elle a bradé des salades, vu qu'é dispose d'un condé officiel, et les bidasses n'nous ont pas p'lé la prostate. Ce sidi, on est, moi et elle au point d'surchauffe, étant donné toutes les agaceries qu'j'y ai manipulées en route. C'est pourquoi, si la petite Maâme que j'voye là voulait bien nous prêter son plume pour un quart d'heure, c'serait une bonne action, et j'sus sûr qu'l'Bon Dieu l'lu rendrait.

Il me soufflera toujours, le Mammouth.

— Bien vrai, balbutié-je, tu as envie d'embroquer ce cauchemar, Gros ?

Il se fâche.

— Où qu'tu voyes un cauchemar, dis, l'artiss ? Videmment, toi t'aimes calcer les p'tites frivoles sucrées. Ton style, c'est la pompe à vélo ; moi, Dieu tank you, j'ai d'autres contraceptions d'l'amour, mon pote.

Là-dessus, péremptoire, flic en plein, il va ouvrir d'autor la lourde de la chambre.

— Ah ! v'là l'at'lier qui m'faut ! s'exclame-t-il joyeusement. Par ici, ma petite biche ! Komme ton gros cul, ma poule.

Une nature, je te dis.

En friche.

La monstresse en manteau de cuir roule docilement jusqu'au plumard. On la voit qui s'assoit.

— C'qu'est démoralisant, chez toi, ma gazelle, c'est c'pantalon de chiasse que t'as cru obligé d'affubler, déclare le Souverain Zob. Les gerces en futiaux m'font tarter, biscotte l'isolement qu'est leur moulasse. C'est déjà assez des vérol'ries d'collants qu'on doit batailler avec, nous aut'z'hommes. S'y faudrait encore dégoupiller un'braguette pour palper une chaglaglatte, merci bien ! Allez, décarpille, la mère ! Annonce ta contr'basse à poils, qu'je lu interprètre « L'Beau Danub'Bleu » av'c mon archet magique ! Tu m'portes aux sens, ma grande ! Mate un peu, si j'mens. Attends qu'je dégage la bête d'sa cage. En v'là une, quand elle est prête pou'l'défilé, é d'vient duraille à manœuvrer. J'ai toujours peur d'la casser, d'un mouv'ment trop brusque, ça arrive ! Allez, yoooooop ! J'vas-t'y l'estrapoler d'ma sous-ventrière, oui ou merde ! Ell'coince. Putain d'elle, é veut v'nir ou pas ! Aye pas peur, la belle, c'est pas pou't'plonger dans la grande friture, mais pou'la tournanche des grandes duchesses. Là, v'là l'monument! Qu'est-ce t'en penses, Ninette! Quoi! T'as peur? Faut pas, ma belle; y a pas plus caressant qu'c'te mignonnette. Ell'mord pas, croye-le. Qu'est-ce y t'intimide? L'ampleur à mad'moiselle? Tu r'doutes qu'ça force un peu tes voies sur berges? Inquiète-toi pas, ma Chouquette, é l'a déjà visité des centres d'accueil plus exigutoires qu'l'tien. T'sais : tu y joues un p'tit solo de flûte enchantée, manière d'l'apprivoiser, et ensute, é t'glisse dans l'trésor comme sur une piste de bob-chlingue. Ça paraît en nickel-chrome, quand t'est-ce on la considère de palpu, mais é s'prête à l'usage interne, croive-moi. Et dans les cas estrêmes, tu fais appel à une noisette d'beurre; alors là, velours garanti sans coutures, chérie. « Bon, t'as tombé ton froc de métallo? Bravo! Vu qu'on est déjà en transes, j'te prélimine pas, t'es d'ac? J'y vais recta-rectum au grand enfourchement, façon Charlemagne. Allonge-toi bien, ma bougresse. Tourne ton cul du côté d'Moscou. Seigneur, c'panorama! On t'a jamais défriché l'delta, ma gosse! Vingt gu, j'eusse dû amener une tondeuse à gazon! L'plus simple, c's'rait qu'on y fout'le feu un grand coup qu'après on t'limerait sur brûlis. Attends qu'j'te coiffe un peu la crinière avant d'monter en ligne...

Tandis qu'il se livre à ce commentaire d'une indéniable portée philosophique, mon attention est sollicitée par le comportement d'Ivana. Depuis un bon bout de moment déjà, c'est-à-dire depuis la survenue du gros et de sa nymphette, elle semble anxieuse, la jolie gardienne. De toute évidence, elle tend l'oreille. Et qui plus est, je la vois jeter, mine de rien, de fréquents coups de z'œil par-dessus le petit rideau de la fenêtre. Il me semble qu'elle attend quelqu'un. Cette impression se mue en certitude. Et voilà qu'un solide traczir me biche. Serait-elle parvenue à donner l'alerte ? Mais comment ? Je ne l'ai pas quittée du regard.

Pourtant, son manège est révélateur. A mesure que le temps passe, sa nervosité croît.

Je mate un poste téléphonique mural, archaïque. Elle ne s'en est pas servie, je peux en jurer.

Soudain, je tique en découvrant, fixée au-dessous de l'appareil, une plaque émaillée sur laquelle deux mots sont écrits. Sous les deux mots, se trouve un gros bouton rouge. Le bouton sert de voyant et je constate qu'il est présentement allumé.

Mamma mia ! S'agit-il d'un signal de secours ? Elle a dû enclencher le bouton, mine de rien, en passant devant lui. Fastoche ! Oui, oui, oui ! Je te parie ma première dent de lait, que « la petite souris » m'a payée deux francs, contre ton bridge en or de la Rivière Kwaï, que cette foutue garce a mis en action un dispositif d'alarme. Et maintenant, elle attend « du monde ». Qui ? Des flics ? Des vigiles ?

Je bondis jusqu'à la chambre où se perpètre un abominable coït.

— Hé, Gros ! Un homme à la mer, stoppe les machines. Vite, vite, y a urgerie !

Il désembroque sa partenaire en grommelant :

— Quoi, merde ? Ah ! c'est joyce d' larguer

une mère en pleine seringuée ! R'garde-moi, c'te pauvrette, la manière qu'é gémit d' la moule, bordel ! Sont-ce-t-ils des manières ?

— Rentre ton grimpant et taillons la route rapidos, des perdreaux vont rabattre d'un instant à l'autre.

Comme pour confirmer mes dires, Ivana, profitant de ce que je ne suis plus dans la pièce, vient de s'élancer hors de son logis en courant comme une éperdue. Et voilà précisément qu'au loin dansent des phares sur la route ravinée.

— Vite, viiiiiite ! Les voilà !

Bérurier ramasse son futal en hâte, le jette sur son épaule, chausse ses godasses en quatrième vitesse.

— 'scuse, ma poupée, j'te finirai une autre fois ! lance-t-il poliment à sa belle.

On cavale à la tuture de la monstrueuse. Je me fous au volant. Contact !

Contact, ma bite ! La gorgone l'a pris en quittant sa chignole.

Et l'autre voiture radine. N'est plus qu'à trois cents mètres !

D'un commun accord, Béru et moi détalons en direction des bâtiments. Lui, cul nu au clair de lune ! Splendide !

Beau comme du Fellini qui serait devenu dingue.

Un troisième bruit de course ! C'est la gravosse mégère qui file le train à son cavalier sergent, elle aussi a le dargif à l'air.

Je lui montre la voiture.

Lui crie en : allemand, anglais, italien, espagnol, patois dauphinois, espéranto, finnois « la clé ! » LA CLEEEEEE ! Mais elle se tapote les meules, m'expliquer qu'elle est restée dans son falzar, cette conne connasse !

Malédiction ! Je continue de tracer derrière Béru, et la grosse barrique me court après.

Et l'auto achève de survenir. Stoppe à l'hauteur d'Ivana qui filait à sa rencontre.

— Pssst ! fait Mister Gradube.

Il vient d'ouvrir une petite porte d'un coup d'épaule. S'introduit dans un vaste bâtiment tout en longueur.

J'en fais de même.

Puis la grosse !

Du Dubout grande époque !

***

Une âcre odeur de lait suri me prend à la gorge et au nez.

Par les parties vitrées courant le long du toit, j'avise de gigantesques chaudrons de cuivre dans lesquels tu pourrais faire tenir un pavillon de banlieue avec ses quinze occupants et leur R 5.

Combien de chaudrons ? Quatre ? Cinq ? Davantage ?

De petites échelles sont appuyées contre chacun d'eux. On est sous le signe de l'échelle, cette nuit, décidément.

— Allez, viens, gars ! hurle Bérurier, en gravissant les degrés accédant au second chaudron. Merde, que voyé-je ! La Grosse qui nous file le dur ; elle va nous faire repérer, c'te grosse vache ! Fous-y des coups de pieds dans le ventre, qu'elle se taille !

Malgré la judiciosité du conseil, je ne le mets point à profit, par galanterie d'abord, et surtout parce que je n'en ai pas le temps.

Hop ! Dans le chaudron !

Glaoup glaoup ! Il est à demi empli de yogourt (goût bulgare). J'en ai jusqu'au menton. C'est froid, velouté, insinueux, insidieux, chatouilleur, sédatif.

Ça vous investit de tout bord. Ça faufile. Ça pénètre suavement.

Un gros chplaouf. La rombière qui vient nous rejoindre ! Qu'est-ce qui lui prend, à la taxiwoman, de partager notre sort alors que rien ne l'y contraint ? Pourquoi vient-elle prendre son bain de yaourt, la femme sans cou ? Par passion spontanée pour le Gravos ? Elle me fait songer à ce bélier qui s'était attaché à ses pas, obstinément, dans « *Tango Chinetoque* » et qui ne le quittait plus, où qu'il allât lahilahitou. T'as des êtres primitifs qui ont besoin de s'offrir totalement à d'autres qui les dominent, et qui sont fanatisés par eux, devenant leur ombre docile.

Bon, ainsi nous sommes tous les trois dans l'un des gigantesques chaudrons où se fabrique le délicieux yogourt bulgare qui fait les centenaires prétend-on (à la prétentaine).

Maintenant, ne reste plus qu'à attendre. A prier notre ange gardien de ne pas s'absenter jusqu'à nouvel ordre.

— S'ils vont viendre, faut qu'on va plonger dans le yaourt, chuchote Béru. Dis-y à ma gosse. Un grand coup d'respirance dès qu'on les entend grimper à l'échelle et on se laisse couler dans la vas'line. Esplique-lu, Mec, dans la langu'qu'tu pourras.

Je m'emploie à la chose, usant pour cela des différents patois européens que je parle ou écorche. La mère Dondaine paraît avoir compris, car elle murmure des « ja ja mein Herr » qui me laissent espérer.

Et bon, tout s'opère comme défini par le Mammouth. On entend cavalcader, dehors. Des cris, des appels, comme naguère à l'usine. Cliquetis. Ordres gutturaux (puisque policiers ou militaires).

Des mecs finissent par se pointer dans le local que soudainement, les calbombes s'éclairent en grand, nous prenant au tu sais quoi ? Dépourvu.

On cille. On se défrite. Nos bouilles à peine émergées de cette onctuosité blanche, un spectacle unique au *world !* Tu peux pas croire, Béru et sa conquête, leurs hures crémeuses posées à la surface du yogourt onctueux ! Un rêve ! Pas un cauchemar, quelque chose d'assez plaisant au contraire un peu onirique sur les bords, mais joyce avant tout.

Ce qu'on redoutait s'opère. L'échelle métallique vibre. Un gonzier grimpe. Et des potes à lui escaladent les autres échelles en même temps. Bottes sur barreau de fer dans cette nef, ça fait un boucan du tonnerre de Zeus. Le vacarme soudard. Achtung ! Gestape ! Nous autres, gentils tritons, une grande goulée d'air, et flouiiiit, à moi le Cousteau des Epinettes ! La plonge. J'espère qu'on ne va pas trop faire de bulles.

Faut croire que non, puisque le mec qui gravit redescend immédiatement. Il a passé son œil.

N'a rien vu. Bye bye ! Je réhasarde mon faciès de don Juan à la surface. Nobody ! Je respire doucement.

Les allées-venues continuent. Et puis s'en vont plus loin. La lumière s'éteint. La rumeur s'éloigne.

— Ils ont mis les adjas ? demande Bérurier à voix basse.

— Il semblerait, mais ne nous pressons pas de sortir.

Le Gravos maugrée.

— J'sais pas comment t'est-ce j'm'y ai pris, magine-toi qu'j'ai paumé mon râtlier. Va falloir qu'je le trouve, bordel ! J'peux pas m'en t'nir, cette saleté-là ; reusement qu'j'ai un copain qui m'en fabrique en série : un ancien horloger très bricoleur...

— Dans l'immédiat, tu devrais pouvoir t'en passer, objecté-je.

Néanmoins, je l'entends qui clapote. Mais ses tentatives restent infructueuses. Résigné, il revient à sa séductrice.

— T'as bu la tasse, hein, ma p'tite reine ? Quoi qu'le yogourt, c'est ton élément naturel, toi, pour ainsi dire, non ? Tu claques des chailles ? T'as d'la chance. C't'un lusc qu'j'peux plus me permett'avec mes ratiches qu'ont choisi la liberté. Mais t'as ton gros cul tout glacé, ma pauvrette. Qu'on dirait une esquimaude qu'attendrait l'dégel su'sa banquise. Viens qu'j'te réchauffe, ma jolie ! Dis voir, c'est pou'l'coup qu't'as plus d'souci à t'faire question d'l'entrée d'mon gladiateur dans ton mignon circus. Le yogourt, c'est mieux qu'd'la vas'line, hein, chérie ? Surtout qu' là, on pleure pas la came. Tu veux qu'j't'embroque dans l'velours, ma gazelle ? On va profiter d'c't'embellie pisqu'on a du temps d'vant soye. Tiens, je te vas tringler à la Ferdinand l'taureau. Si tu voudras just'me brandir un peu tes miches, belle colombe ! Là, un peu plus qu't'te fasse l'coup du facteur et d'la lavandière. La feurste fois que je vas limer sur un nuage ! On se croirait au Paradis ! Putain d'elle, c't'emplâtrage d' beurre. Qu'est-ce tu dis ? Tu pâmes ? Y a de quoi, hein, la mère ? T'as déjà connu ça, malgré qu'tu soye native d'ici qu'on a inventé le yaourt ? Non, hein ? Là, c'est du yogourt goût français. Débats-toi pas, tu vas me faire déjanter. Faut qu'tu vas m'laisser manœuvrer à mon idée, ma gosse. Sur un tandem, y en a un qui drive et l'autre qui pédale. Penche-toi plus, nom d'foutre ! Merde, attends qu' j't'appuille la nuque, ça t'obligera d'cambrer. Là, bravo ! Super ! La classe ! Oh, misère, ce qu'on peut s'faire reluire ! Y a que ça d'vrai. Quand j's'rai à Pantruche, faudra qu'je vais essayer av'c ma Berthe. Tu parles d'une inition à lu faire ! Remarque, chez nous, au prix du pot d'yaourt, même qu'on s'contenterait d'remplir la baignoire, ça r'présente une sacrée mise de fond. T'vas me dire qu'ensute on peut l'bouffer, mais moi, le yaourt, c'est pas ma longueur d'ondes, et d'alieurs, ça s'conserve pas une fois ouvert. Faudrait l'revendre aux voisins, par grandes jattes. On leur f'rait des prix. J'réfléchirai au problo. Mais c'que c'est voluptueux, charogne ! Hé pourquoi qu'tu bouges plus ton moule à gaufre, ma fleurette ? T'as pris ton fade à la sournoise, sans crier Edgar ? Attends, j'y vais aussi d'ma croisière. Oh ! Oh ! là là... C'est bioutifoule ! J'm'envole ! Attends-moi, j'te rattrape, espèce d'sale vache vérolée ! Youyouille ! Arrrrrrrr ! Bon. Fin d'section. Ça valait d'connaître, non ?

Je perçois les ahanements généreux du Mastar qui, très lentement, se remet de ses émotions sexuelles.

Un certain temps passe, puis il m'hèle, dans l'obscurité clapoteuse.

— Dis voir, Sana...

— Quoi donc ?

— J'sus embêté.

— Je le suis autant que toi, bougre de vieux bouc déliquescent.

— Non, mais moi, c't'à cause de ma p'tite potesse qu' j'sus embêté, Mec ?

— A cause ?

— Elle est morte. A s'est noyée dans le yogourt. J'croye qu'j'ai dû trop la pencher en avant pour y placer mon bec verseur.

Il soupire :

— Note qu'c't'une belle fin, somme toute, si tu compares à Jeanne d'Arc par exemple qui, elle, a cramé sans même s'être pris un chibre dans la calebasse.

Telle fut l'oraison funèbre de la gentille Slavadsowa.

OH ! CE CHAPITRE ONZE, MADAME LA BARONNE ! TU VAS T'EN LÉCHER LES CINQ DOIGTS ET LE POUCE !

Une pluie diluvienne — voire presque antédiluvienne — nettoie cette province bulgare lorsque nous nous risquons hors de notre yaourt salvateur.

Des cataractes, des trombes ! Il pleut à verse, à lance, à flots, à seau ! Tu veux que je te dise ? Que je fonce dans la hardiesse métaphorique ? The déluge !

Le ciel est bas, tout noir. Il fait nuit de mauvais temps, tu te rends compte ?

Nous n'avons pas parcouru cinquante centimètres que nous sommes nettoyés, détrempés, spongieux. Note que cette douche du ciel est idéale dans notre état.

Tout est calme. On a embarqué le taxi de la pauvre chauffeuse. Personne en vue. Qui donc se hasarderait sous cette eau compacte, furieuse ?

J'aperçois de la lumière dans le logis de cette petite garce d'Ivana. En courant sous la baille, je trace jusqu'à sa fenêtre. A travers les petits rideaux pauvre femme, je l'avise qui épluche des patates, assise à sa table. Touchant spectacle, malgré l'eau glacée qui me harcèle et prend ma raie médiane pour un chéneau.

A pas menus, je m'approche de sa lourde, cramponne le loquet et le tournique menu. Grâce au grondement roulant de la pluie, elle ne peut percevoir le faible bruit que je fais. Hélas, la môme a tiré le verrou intérieur.

Je n'ai qu'un signe à adresser au Gros. L'enfonçage de lourdes n'est-il pas son violon d'Ingres ? Un sourire ravi fend sa bouche dédentiérée.

Il recule, et son œil se fige, son front de taureau paraît s'élargir, son épaule droite se gonfler. Une vapeur en coup de sifflet de locomotive lui part des naseaux. C'est toujours un grand moment que celui qui voit se concentrer Alexandre-Benoît. L'instant critique où il mobilise ses forces vous sèche la gorge.

Un frémissement de son genou d'appui. Son œil se voile, comme pour l'orgasme. Il va partir, il est parti ! Quand il passe à ma hauteur, je sais qu'il vient de franchir le point de non-retour. Et c'est l'impact, le crash indicible : vrrrrangggggg ! La porte fout le camp comme une folle. Elle ne cède pas du côté verrou, mais de partout en même temps pour s'abattre devant le bulldozer humain. Si bien que Sa Majesté, entraînée par l'élan, marche sur l'huis et continue à travers la pièce.

Il bouscule la table aux pommes de terre, qui s'en va d'Ivana avec son humble chargement de tubercules. Le Mammouth achève de trajecter dans la modeste cuisinière noire qu'il renverse également, démantelant les tuyaux qui en assuraient le tirage. Ce fourneau étant allumé, il en consécute une âcre fumée noire. Du charbon incandescent se répand dans le logis, vadrouillant un peu partout.

Pour ma part, je me précipite vers l'appareil tubophonique et m'interpose entre le bouton d'alerte et la gardienne.

Pâle comme : une morte, une endive, une merde de laitier, un pot de yaourt au naturel (goût bulgare), notre hôtesse involontaire. Ce fracassant retour l'interloque. Elle s'attendait à rien, mais surtout pas à ça. Ce culot démoniaque, franchement, lui paraît inconcevable. Et pourtant nous l'avons concevu.

Le Gravos a retrouvé son robuste équilibre d'arpenteur de réalités. Il va puiser un seau d'eau à l'évier et éteint le début d'incendie consécutif aux braises.

Je jette un regard au réveil polonais posé sur le buffet. Six heures moins dix.

— A quelle heure commence le travail, à la fabrique ? je lui questionne, en pauvre allemand.

— Sept heures ! me répond-elle.

Elle a changé d'attitude, Ivana. D'altitude aussi. L'est redescendue de ses hauteurs. La voici plus humaine. La frousse la rapproche de nous, car elle tremble d'effroi. Faut dire que c'est impressionnant, une telle réapparition, porte démantelée, intérieur saccagé, bonshommes hirsutes et ruisselants, encore crémeux, déboulant férocement comme des Japs dans la forêt indochinoise (ça s'appelait commak, à l'époque).

Vachement barbares, on lui paraît. Mongols en transes. D'autant que Béru, tu le connais ? Ne lui fait pas de cadeau. Une fois qu'il a réduit les velléités de sinistre, il emplit encore son seau et le lui balance en pleine poire, Ivana. Tchaoufff ! Elle suffoque, se comprime les roberts, violit.

Alors Mister Mastar se tourne vers moi.

— V's'avez l'intention d'quoi t'est-ce, mon Seigneur ? Vous faites z'un enfant à Madame ou elle nous prépare la soupe ?

Je lui fais signe d'écraser car la radio qui jouait en sardine se met à désonder à toute vibure ! Voix trémolesque, pathétique, avec des chutes d'inflexions, des presque cris, des quasi sanglots, des positivement plaintes...

Malgré son seau d'eau mal assimilé, Ivana ne peut s'empêcher de réagir.

— Qu'est-ce qu'on dit ? demandé-je en montrant le vieux poste tchécoslovaque.

— Notre Secrétaire Général est mort cette nuit.

— De quoi ?

— Crise cardiaque.

Tu parles !

— D'autres nouvelles ?

— Boris Jankulavec, notre ministre de l'Intérieur, a été grièvement blessé dans un accident d'auto en se rendant à son chevet.

« Et voilà comment s'écrit l'histoire », me dis-je en aparté, puisque je parle également cette langue.

— Quoi encore ?

— Le corps de Siméon Grozob sera exposé à la maison du peuple, pendant trois jours. Ses funérailles auront lieu vendredi dans son village natal, selon ses dernières volontés.

A présent, le speaker ferme sa gueule et la radio diffuse de la musique si triste qu'elle rendrait neurasthénique une nichée de chatons.

Je réfléchis vite-fait sur le pouce. Juste avec un recoin du cervelet, là que mes cellules sont le moins poisseuses.

Le pays en deuil. Mais surtout, Boris Jankulavec, le ministre que j'ai planté, hors circuit. Ça, c'est bonnard.

Il était à la tête du complot visant à destituer Siméon, le barbu. En ce moment, le B.K.P. doit rudement effervescer. Ça grenouille tous azimuts. Le Politburo, le C.C., tout le tremblement.

— Il n'est pas question de nous ? je demande à la môme Ivana.

Nein, nein, niet, no, non. Pas question de nous, à aucun moment. Mort naturelle, Grozob, infarctus *is good for you !* Et l'autre méchant ministre angora, lui « accident de voiture », dans sa hâte précipitentielle pour voler auprès du Secrétaire Général. Donc, nous sommes recherchés « normalement » sans déclenchement d'un grand dispositif.

Béru a dégauchi du pain noir et du saindoux. Il se fait la délicate tartine salon-de-thé, la sale, poivre, paprikate et se met à la dévorer.

— Il nous faut des vêtements, dis-je, après un silence.

Ivana hoche la tête, se refusant à branler le chef pendant que son époux est à l'hosto.

— Pour vous, il y a des habits de mon mari, dans la chambre.

Coup d'œil à Béru :

— Mais pour lui, je n'ai rien.

— Qu'est-ce é dit ? mangeaille le Gros, qui a du mal avec son bouffement, étant privé de sa panoplie de bouffeur.

— Qu'elle n'a pas de fringues pour ta pomme ; elle ne fait pas le rayon garçonnet.

— Inquiète-toi pas, j'm'arrangerai toujours, répond Jumbo en continuant de clapper au mieux de ses ultimes possibilités ; les nippes, c'est pas c'qui m'empêche d'dormir au cinéma.

Je vais choper Ivana par une aile et je l'entraîne dans sa chambre. Elle croit que c'est pour une partie de baise-ball, mais pour l'heure mes tourments ne sont pas d'ordre charnel. Dommage, car dans le nouvel état d'esprit où elle est maintenant, je suis certain qu'elle serait du voyage.

— Donnez-moi des vêtements ! j'enjoins (de culasse).

Elle ouvre une armoire dans laquelle pendouillent deux costars d'homme et quelques robes. L'un des complets est en drap noir, l'autre en velours grisâtre.

Elle me désigne le noir :

— Son costume de mariage.

— Je prendrai l'autre.

J'inventorie les tiroirs, un pull à col roulé fait mon affaire, de même qu'un vieux slip rapetassé et des chaussettes en grosse laine qui puent encore le suint. Des bottes trop grandes pour moi compléteront mon harnachement, et, pour l'hémisphère nord, une bath gapette comme ils en portent ici. Je me décarpille prestement, me sèche et me refringue.

Au bout de peu, je ressemble à un brave bulgare (de goût). Je récupère le contenu de mes poches, bien que tout cela ne soit pas en très bon état. Je sors un billet de cent dollars du portefeuille saturé de yogourt et le pose sur sa table de nuit.

— Tenez, pour vous dédommager.

Ivana a une légère flambée d'intérêt dans le regard, qui très vite s'éteint.

— Inutile.

— Gardez toujours, ça ne mange pas de pain.

Bérurier passe sa noble tête de toucheur de bœuf par l'encadrement.

— Ça y est, le salon d'essayage, moui ?

— Je ne vois guère ce que tu peux mettre, Gros.

— C'est mes oignes, grommelle-il. Dedieu, c'qu' j'sus malheureux sans mon jeu d'dominos, j'm'demande comment t'est-ce je pourrai avoir des conversations utiles avec des bifteaks en attendant mes nouveaux crochets. J'vais quand même pas r'venir à la Blédine, non ?

Nous l'abandonnons à ses tourments pour revenir à la cuistance. Toujours Bayard en diable, mitigé Bel-Ami, je redresse le fourneau de la môme et lui rectifie ses tuyaux. Qu'ensuite, je passe mes mains maculées de suie sur ma vitrine, très légèrement, afin d'me patiner un peu les traits et de les rendre ainsi moins identifiables.

La radio s'est remise à jacter. Je reconnais le nom de Siméon Grozob, à chaque détour de phrase.

Et c'est à cet instant qu'il m'arrive en trombe dans la cafetière une foule d'idées toutes plus géniales l'une que l'autre.

— C'est quoi, son pays natal, au Secrétaire Genéral ?

— Un petit village près de Ruse, qui s'appelle Kachtékopec.

Silence. La radio rejoue du très sinistre. Ça doit chialer dans les chaumières. Depuis la chambre, Béru mène un foin du diable, bousculant tout, ronchonnant, pétant, rotant, pestant avec un brio d'homme orchestre.

Il tarde à réapparaître. J'escompte du peu vu, de l'inédit. Et, de fait, je ne suis pas déçu. A preuve, malgré sa position délicate, Ivana éclate de rire en l'apercevant. Faut te dire que le Gravos s'est considérablement modifié. Le voici travesti en grand-mère. Grand-mère d'Europe centrale, naturellement : long jupon bouffant (avec lui, qu'est-ce qui ne boufferait pas !), dans les teintes bleues enrichies de broderies rouges, corsage blanc, corselet de velours, fichu noué sur la tête.

— C'était à la mère de mon mari, révèle Ivana.

M'est avis qu'elle devait ressembler à un grenadier de Flandres, la belledoche.

— Y a que les croquenots dont j'ai pas trouvé, soupire la Bérurière, faudra que j'vais mettre des bottes.

Je regarde l'extérieur. La pluie diminue.

— Attends-moi là avec la charmante, je reviens, il ne faudrait pas mouiller vos beaux atours, princesse !

Et je cavale en direction du parking à camions.

***

J'ai choisi le plus neuf, un gros citernier bleu, orné d'une large bande blanche. Il ronfle juste, et je le trouve maniable.

Parvenu devant le logis de la gardienne, je hèle Mamie Béru. Elle apparaît, tenant par le bras notre hôtesse.

— Et quoi, m'écrié-je, tu veux l'emmener avec nous ?

Elle méduse, Grand'maman Alexandrine-Benoîte.

— Pardon, m'sieur l'Archiduc, v'vouliez laisser c'te p'tite guenillerie à son t'home pour qu'é s'empresse d'jeter l'alarme et d'nous faire courser par les motards du roi d'Bulgarie ? Sans compter qu'au cas d'besoin, é peut nous servir d'interprète, non ?

Arguments valables.

Auxquels je me rends sans conditions.

— O.K., montez !

Ces dames me rejoignent. Ivana se love entre nous deux. La pluie, comme par enchaînement, se remet à pisser pire que naguère, et encore plus que tout à l'heure.

Moi, ça me va, ce temps de merde. Plus il en vasera, plus nous serons peinards. Sous toutes les latitudes, voire aussi les longitudes, les gens répressifs répriment moins lorsque des cataractes leur choient sur les endosses.

En route. Direction plein est.

— On va où est-ce ? demande Son Eminence (noire) au bout d'une chiée (environ) de kilomètres.

— Visiter le pays natal de feu Siméon Grozob.

— Pourquoi-ce ?

— Parce que c'est là-bas qu'on va l'enterrer.

— Et alorsss ?

— Les pays du monde entier se feront représenter. Il y aura donc une importante délégation française.

— Et après ?

— Si nous ne nous sommes pas fait piquer d'ici là, on s'arrangera pour contacter les membres de notre gouvernement qui assisteront aux cérémonies funèbres, et nous leur demanderons d'arranger nos bidons. Tu parles que les frontières nous sont blouclarès ; seules des interventions au plus haut niveau peuvent nous sauver.

— Tu croyes qu'on va tiendre jusqu'à vendredi, mec ? Tu penses qu'y vont s'aperc'voir qu'on a engourdi l'camion et embarqué la friponne ! D'ici quéqu'heures, y vont nous faire jouer *La Strada* à prix de famille nombreuse, espère !

— Aussi ne conserverons-nous pas ce véhicule plus d'une plombe.

— Tu l'échangeras cont' deux paquets d'Ariel ?

— Je l'échangerai contre ce que la Providence nous proposera.

Grand'Maman Béru se tasse sur sa banquette.

— T'as raison, Gars, mets les mirac' dans l'coup, ça peut aider.

Là-dessus, il s'endort et bientôt ses ronflements prennent le pas sur le bruit du moteur.

***

Bon.

Moi, t'sais, j'ai pas l'habitude de te faire tarter avec des petits riens bricoleurs.

Aussi, vais-je te passer à vendredi, après un bref résumé de nos pérégrinations.

Juste manière de te tenir au courant, que t'aies pas l'air encore plus con que d'ordinaire.

On conserve le gros cul jusqu'à Svoge. Après l'avoir abandonné dans une carrière désaffectée, proche d'une cimenterie pestilentielle, on s'empare d'une embarcation à moteur deux temps (trois mouvements) amarrée à un ponton sur la rivière Iskär. Parvenus quelques kilomètres après Mezdra, nous devons accoster, faute de carburant. La pluie est de plus en plus intense et l'Iskär commence à sortir de son plumard. Nous parcourons deux kilomètres sous la flotte, entrons dans une masure écroulée, à l'orée d'un champ, où nous laissons sécher nos vêtements. Tandis qu'ils, je baise Ivana, laquelle se montre extrêmement coopérative, cependant que la grosse Béru va à la cueillette des escargots, vêtue de son seul système pileux. Elle en ramène trois cent quatre-vingt-onze, qu'elle prétend accommoder, dont nous recrachons la première bouchée avec horreur, mais qu'elle déguste entièrement, bien qu'elle ne les eût point fait dégorger, faute de temps et de sel, ni fait cuire, faute de feu.

En fin de journée, alors que la nuit vient, nous partons. Il pleut toujours. Heureusement, deux militaires passent à moto-tanside près de nous. Je demande à Ivana de les héler et lui explique qu'en cas d'arnaque, malgré que je vienne de lui perpétrer fabuleusement : *Robois des Bains, Monsieur l'a en l'air, Le Crépuscule des lieux, La Petite Farfadette, Le Nœud de Màuriac, Vipère au point, La Cocarde-Sans Culotte, Le Denier des Mohicans, Le Con sert tôt de Chipolata, Le Procès suce, Encore un et on s'en va, La mariée noire, La Princesse de Cleveland, Et Cui-là-tu-le-mets-où ?, Regarde-ce-que-je-t'apporte, Parle-pas-pendant-que-tu-braises, Le vélo de Minus, La Vénus de Milo, L'Eponge d'une Nuit d'Eté,* je n'hésiterais pas à lui planter un couteau entre deux côtes.

Mais ses dispositions ont changé à mon endroit (de même, croyé-je, à mon envers) depuis mon retour chez elle. Elle a eu le temps d'assimiler l'événement et de subir mon charme, le temps de se dire surtout qu'elle a fait montre de civisme en me dénonçant et que donc, si ces cons n'ont pas su m'arrêter, elle ne va pas être plus loyaliste que l'Eloi, merde, hein ? On ne vit qu'une fois ! Et son mironton grossier qui glandouille à l'hosto au lieu de la caramboler à mon instar, bordel ! Elle a une chatte, des glandes, d'autres raisons de boire Contrex et de se faire glisser une bricole dans l'entre-deux, non, quoi, chiasse !

Et, sur mon injonction de coordination, la môme Ivana se précipite sur la route en glapissant (goût bulgare).

Les deux bidasses s'arrêtent sous la lance en pleine charge. On s'approche. Béru s'occupe du mec logé dans le side en lui parpinant le portrait, la chère dame, d'un uppercut, vingt dieux de bois, qu'on n'a jamais vu passer le même, fût-ce au *Madison Square Garden.* Tandis que mézigue, j'aligne le pilote d'un coup de boule, vraoum !

Vivite vite, on les ligote, les transporte dans la masure. Et fouette cocher ! Tu vois, tu suis, t'es d'ac. ? Après leur avoir chauffé leurs grands cirés verdeux, naturliche. Et alors, que je te poursuive l'itinéraire : une fois à Borovan, j'oblique sur Kneza. Il fait complètement noye, la flotte en remet ; nous sommes transis, à essorer d'urgence. Bons tous trois pour la fluxion, génuflexion de poitrine, bronchite en tout cas, voire, pour les plus doués, pneumonie !

Faut se sustenter.

Soif, on n'a pas : suffit d'ouvrir la gueule et t'en prends autant d'hectolitres que tu veux. Mais clapper, alors, certes, voilà qui urgite.

Je ralentis pour mater l'horizon noyé, les cultures sortant de l'hibernance, vigourés par la baille surabondante.

A force d'à force, je finis par déceler une lumière, au milieu de cet aquarium. Celle d'une fermette, plutôt d'une espèce d'humble isba où nous allons frapper : à la porte d'abord, au menton du paysan qui l'habite ensuite et qu'on ligote très cordialement avec du fil de fer, à peine rouillé et barbelé, avant que sa dame nous confectionne une bonne soupe au chmeurtz, suivie d'un plat au yogourt, beûrgh, le tout arrosé d'un alcool au noyau de foutrassier, très revigorant. Tellement que Béru enfile la fermière avant de l'attacher pour la nuit.

Dorme impec. Chant du coq. Café du matin n'arrête pas le pèlerin. Et hélas, il flotte encore. Heureusement, notre brave cultivateur possède une carriole bâchée et un bourrin en ordre de marche. Bérurier, qui est jailli de la terre, comme un arbre, sait utiliser l'une et l'autre.

Nous poursuivons ainsi notre petit bonhomme de chemin par des routes à ornières, en direction de Pleven (où nos emmerdes ne prennent pas encore fin ; d'ailleurs, « qui voit Pleven, voit ses peines »). Ça va lent, un cheval, à notre époque pétrolière. Quand tu penses que le Napo a traversé toute l'Europe avec un bourrin !

On vadrouille ainsi toute la seconde journée. Ivana, escortée de sa grand-mère Bérurière, achète des provises dans un village. Je gaze, je gaze, surtout pas te faire chier avec du compte rendu de scout. Partout, sur notre passage, le pays est en grand deuil : drapeaux en berne, immenses photos de Siméon Grozob dans les vitrines, bordées de crêpe et fleuries.

Les gens ont les yeux rouges, ils font leur faucille-et-marteau en passant devant ces icônes du héros national défunt. On célèbre en grandes pompes *l'Internationale* dans les Maisons du Peuple. Les secrétaires de cellule lisent l'Evangile selon Karl Marx, ou bien la Bible de Lénine. Personne ne nous prête attention. Au terme de ce second jour d'itinérance, nous descendons tout bêtement dans un relais de village tenu par une robuste vieillarde en costume national roumélien, laquelle est assistée d'un grand dadais beau comme une démangeaison grattée. Je peux mesurer la conversion pleine et entière d'Ivana à son comportement, car il est évident qu'elle trouverait le moyen de nous balancer aux archers si elle le voulait vraiment. Au lieu de cèla elle se fait de plus en plus amoureuse, trouvant, je crois qu'il me semble, l'équipée à son goût (bulgare). Bien entendu, dans notre chambrette monacale, je lui fais l'amour en grand. Et cette fois-ci, elle se donne pleine et entièrement, en apportant sa quote-part de gesticulances, culances, cris, chuchotis, sécrétions, vigueur, explosion, ardeur, pied, pâmoisage, réclamades, recommençage, indiciblage, hurlage, remoulage, labourage et pâturage. Une extrêmement belle embroquée, réussie à quel point ! Le coït de grande volée, à marquer d'une paire blanche ! Bérurier, dont la tenancière a refoulé véhémentement les ardeurs, lui expliquant qu'elle n'est pas lesbienne et qu'on ne se bouffe pas le cul en Bulgarie les jours de deuil national, de peste bubonique et d'invasion soviétique, Bérurier, dis-je, se console en vidant seize bouteilles de *Tokay* hongrois, lesquelles, précisons-le, sont d'un volume réduit.

C'est le surlendemain que nous rallions Ruse,

après avoir échangé notre attelage au fils demeuré de la gargotière contre deux bicyclettes rouillées. Ivana monte en amazone sur le cadre de mon vélo, ce qui me permet de lui gouzigouzer des baisers folâtres dans le cou tandis que je pédale. Quoi de plus stimulant ? Je ne saurais trop conseiller cette pratique aux coureurs du Tour de France lorsqu'ils tirent une langue longue comme une traîne de mariée dans le Galibier ou autres montagnettes du genre.

Ruse est pis qu'une ville en état de siège lorsque nous l'atteignons vers le milieu de *l'afternoon :* de la police, des troupes à n'en plus finir. On dresse des arcs de lamentation. Des musiques militaires répètent. Des chœurs choralent. Mais surtout, une fabuleuse concentration de population s'opère, humbles gens venus des quatre ou cinq coins du pays pour rendre un dernier hommage à son grand homme ; ils ont descendu des montagnes, remonté des vallées, traversé des plaines, franchi des rivières en crue (il faut laisser les crues se tasser, nous répète le Gros dont tu sais le sens du calembour), se sont pointés en auto, à vélomoteur, vélo, pied, cheval, la nage, etc.

Ça grouille, moutonne, gronde. Le tout sous la pluie qui continue de diluvienner à tout berzingue, comme vache qui urine. Là là, quelle ambiance ! Des voitures officielles cernées de motards passent en trombe, en trompe. La ville ordinairement industrielle, avec ses chantiers navaux et ses raffineries de pétrole, a un drôle d'air. Des drapeaux mouillés, bernés, pendent à des mâts de misère nationale. On a dressé des tentes dans la périphérie, à l'usage de ces faux réfugiés dont nous sommes. Des cuisines roulantes servent de la soupe de beurgh et des marchands ambulants vendent des rouleaux de chibröc fourrés au stupr ou au fond de kalbârs. Cela ressemble à une immense kermesse triste ; à la Fête de l'Huma sans la participation de Michel Sardou et sans le discours « tentatendu » de Jacques Chirac, tu vois ? Les gens s'empilent, se tassent, s'anastassent. Ils causent peu, beaucoup commencent à pleurer avant les cérémonies. On voit des familles entières : les grands-parents, le papa, la maman, le tonton infirme, les huit z'enfants qui s'exercent à l'oignon. C'est drôlement pathétique, n'empêche.

Les femmes se sont fringuées en noir, dans la mesure du possible. Les hommes portent au revers des badges que ça représente la bouille à ce pauvre Siméon ; les marmots ont des drapeaux à bandes horizontales, blanche, verte, rouge avec une espèce de petite connerie ronde dans le blanc, en haut et à gauche (naturellement). Leurs mamans les apprennent à les agiter. On trouve plein d'anciens combattants des deux guerres de la dernière (la Bulgarie ayant combattu *avec* l'Allemagne au début des hostilités, puis *contre* elle quand elle a pigé que c'était râpé pour Adolf) arborant des décorations socialistes. Tout bien, très beau, réussi.

Nous autres, on a pu dénicher un coin de grande tente avec de la paille pour dormir.

Je commence à me sentir nerveux. Demain, va falloir coûte que coûte approcher la délégation française. Mais comment, avec tout ce trèpe ? Comment, avec ces chicanes disposées le long du parcours funèbre ? Comment, avec l'énorme dispositif policier qui sera mis en place ?

Cruelles questions que seul un San-Antonio surdoué peut espérer résoudre, n'est-il pas vrai ? Je m'efforce d'expliquer à Ivana que nous devrons quitter le camp de très bonne heure, avant le lever du jour et, en tout état de cause, avant tout le monde ici.

On s'endort, dans les bras et le sexe l'un de l'autre.

ET UN CHAPITRE DE MIEUX QUI VA FAIRE DOUZE ! DOUZE, ET LE RESTE ! SURTOUT LE RESTE.

Bonne nouvelle, comme on dit sur les grands boulevards. *To day,* il ne pleut plus. A croire que le ciel socialiste fait une fleur à celles de Siméon Grozob. Un vent aigre a séché les drapeaux, lesquels claquent allégrement.

Tant bien que mal, notre trio s'est porté au premier rang, dans un virage qui provoquera fatalement le ralentissement du cortège. Nous sommes à l'intersection des avenues Gropopoff et Célâlute, pile contre un grand arc végétal portant en son cintre la fameuse devise . « Crzzzvâd splffthrrroc danlcu », qui devint celle de la Bulgarie sous la féodalité ottomane et qui fut reprise par Pétahouchnoc Ier le Libérateur avant de devenir celle de la Bulgarie moderne, une et industriellement agricole. L'arc que je te cause, mon bon ami à la con, est constitué par une armature métallique recouverte de branchages et de fleurs. Il est large d'un bon mètre et maintenu par des câbles. Ces détails dont tu n'as, dans un premier temps.

strictement rien à branler, pas même ton humble pénis, pour que tu puisses comprendre ce qui va s'opérer dans un second temps.

Nous sommes donc acagnardés contre ledit arc, éprouvant inconsciemment de l'épaule sa solidité, quand il m'arrive une idée que je pourrais te céder moyennant une somme modique, à débattre à l'amiable.

Je me dis, sans même ouvrir les guillemets, la chose suivante : Le temps s'étant remis au beau, les voitures du cortège seront découvertes (on se découvre toujours aux enterrements). Si je parviens à me couler à l'intérieur de cet arc, à l'escalader depuis le dedans toujours, (avec toi, faut pas craindre d'insister sur l'essentiel), il me sera dès lors aisé de laisser tomber ma carte de police accompagnée d'un mot dans l'automobile réservée à la délégation française. J'enroberai le tout de feuilles pour que ce semi-projectile n'attire pas l'attention, on pourra croire qu'il s'agit d'un bout de laurier qui s'est détaché.

J'informe le Gravos de mon intention.

Il hoche son paquet de tronche, renifle pour marquer l'à quel point il étudie ce plan, secoue la base de l'arc manière d'en vérifier la résistance et déclare :

— Valab', mon pote ; à condition qu'un' fois dans le mitan, tu passes pas une jambe ou un bras à travers. Profite d'c' qui fait t'encore noye pour t'glisser d'dans. J't' ferai écran av'c mon jupon.

— Attends que j'écrive préalablement mon billet doux. J'ai déjà préparé ce qu'il me faut.

Aussi écris-je le poulet suivant : « *Le titulaire de la présente carte réclame l'assistance des autorités françaises pour pouvoir quitter sans encombre la Bulgarie où il est recherché par la police. Il est détenteur d'informations de la plus haute importance. Le joindre, après les cérémonies, au pied du présent arc de consternation.* »

Je relis ma prose. Sobre et bien tournée, ou je me goure ?

Grâce au bout de ficelle que j'ai su me prémunir, j'attache ma carte et ma lettre ensemble.

— Allez, ma bonne dame, déguisez-vous en Montgolfière, je fais mine de lacer mes lattes et je passe sous votre jupaille.

L'aube commence à poindre.

— Surtout ne décarre pas d'ici avant mon retour, hé ? dis-je au Gros.

— Tu me prends pour qui est-ce ? ronchonne l'Enflure.

Le plus dif, c'est d'écarter les chicanes qui m'isolent du pied de l'arc. La poigne bérurière m'y aide. Alors bon, je me coule sur la chaussée et, prestement repte à l'intérieur de la carcasse métallique. Une fois dedans, je m'y tiens debout, guettant à travers le branchage si ma manœuvre a été interceptée, auquel cas je chiquerais à l'homme pris d'un besoin pressant. Mais onc n'a remarqué mon manège à moi c'est toi.

Alors j'escalade les croisillons de fer, un panard de gauche, un autre de droite, et pareil pour les paluches ; m'élevant progressivement en essayant de ne pas trop faire vibrer l'édifice provisoire, qu'heureusement le vent mauvais justifie le balancement du cintre feuillu.

Mon numéro de voltige, dont je suis l'unique spectateur, devient franchement périlleux lorsque je me trouve dans la courbure surplombante de l'arc de consternation, mais deux longerons d'écartement me permettent d'adopter une position d'attente peu confortable, certes, mais tenable, et c'est tout ce que je demande.

A présent, il va falloir patienter plusieurs heures. Quelle foutue profession que la nôtre, franchement !

J'écarte un peu les branchages pour avoir vue sur l'avenue par où va déboucher le cortège. Les gens s'agglutinent de plus en plus fortement. Les soldats se mettent en place le long des chicanes, composant une haie continue. Ils se disposent tête-bêche afin de pouvoir contrôler les spectateurs et le parcours funérailleux.

Depuis mon poste d'observation, je peux également surveiller le Gros. Il est en train de peloter Ivana, le sagouin. Une main à sa hanche, l'autre à son balcon, à lui gloussailler des trucs dégueulasses dont elle ne comprend que le sens profond. Je crois que je l'ai révélée, cette nière. Lui ai dissipé les complexes et autres toiles d'araignée. Maintenant, elle monte au paf sans barguigner ; on va en faire une toute superbe écuyère de braguettes avant de débulgarer, si toutefois nous y parvenons.

Je la vois qui palpe en loucedé l'armature inférieure à Béru, à travers le jupon. Elle est intéressée par le volume inaccoutumé. Tudieu, que dirait-elle devant (ou sur) le sexe de notre copain, le professeur Félix, la plus belle bite du monde depuis l'apparition de l'homosapiens. A propos, il a trouvé une nouvelle méthode pour recruter du cheptel propre à satisfaire sa gloutonnerie sexuelle, notre pote. Il s'est fait photographier en pied (si j'ose dire) en train de triquer super. Il glisse ces photos dans des enveloppes qu'il distribue aux dames seules de sa convenance à la terrasse des grands cafés. Le temps qu'elles décachètent, il est déjà parti. A la photo se trouve agrafé le mot que voilà : « *Madame, nous avons le plaisir de vous informer que vous venez de gagner un coït gratuit à perpétrer avec le mâle ci-joint dont l'importance du membre ne vous échappera pas. Vous pouvez téléphoner aux heures des repas au numéro ci-dessous afin de convenir de la remise de votre lot. Avec nos félicitations.* »

Ce système a fait de sa vie une vallée de délices, Félix. Il est obligé de se foutre aux abonnés absents, tant tellement que son bignou carillonne. Il est « complet » six mois à l'avance. Déjà il réclame cent francs par coups de verge, pour *participation aux frais,* prétend-il. Il s'apprêterait à quitter bientôt l'enseignement Retraite anticipée. Les mômes le font trop chier avec leur manie de ne plus vouloir rien branler en dehors de leur bite

Le monde dégénère. Il a besoin d'un nouveau messie pour remettre la pendule à l'heure. En l'attendant, M. Félix enfile un maximum de dames, les défonce même à l'occasion, malgré les précautions dont elles s'oignent quand il dégaine son cataclysme à veine bleue, Félix. Ça ne fait pas progresser la civilisation, en tout cas, dit-il, « ça la fixe ».

Et moi, bon con, là-haut, juché dans une folle entreprise, oiseuse (c'est un oiseux qui vient de France) j'évoque notre bon prof, histoire de me défouler le mental. Et puis je considère la foule qui s'accroît. Tous ces braves gens de par ici, vivant leur temps en s'accommodant de tout ce qui les contraint... Et qui veulent assister aux funérailles d'un homme qui s'imposa à eux, qu'ils eurent à subir avec dévotion. O, merveille de la nature humaine qui, comme elle connaît ses chaînes les adore. « Tous ces jours passeront, ils passeront en foule... » clamait Victor. Qui est passé, lui aussi. Sans partir tout à fait pourtant.

Coincé contre un pied de l'arc, Bérurier l'Incomparable, le Rassurant, le Toujours-Là se fait mignonnement astiquer le bigorneau géant par « notre » conquête, meilleure façon d'user des minutes inutiles.

Des crampes me bichent, que moi je ne peux ni tirer ni me faire tirer. Changer de position est un exploit.

Merde, ils se grouillent de l'inhumer, le pauvre Siméon ?

Le jour s'est pleinement levé. Des amorces de soleil ricochent entre les nuages. L'avenue est noire et bleue de monde.

Enfin, dans les lointains, on entend de la musique militaire. Marche funèbre. Bientôt, un triangle de motards débouche. Ils sont vingt-cinq, disposés en flèche, roulant à une allure qui assure tout juste leur équilibre.

Derrière eux, une fanfare encrêpée, avançant d'un pas coulé. Et puis des dignitaires civils et militaires portant des coussinets à décorations. Enfin le cercueil, sous le drapeau bulgare, transporté par un engin à chenilles (processionnaires). Derrière, les membres du gouvernement, du politburlingue, du Parti de ceci cela, tout bien.

Et puis, il y a une monstre chiée de porteurs d'oriflammes, très joli effet, *indeed !* Les couleurs réjouissent les rétines les plus maussades.

Après les porte-drapeaux, commencent les voitures des délégations étrangères, car on ne leur inflige pas de se cogner un marathon derrière la bière à Siméon. Elles occupent de grosses tires noires, merveilleusement décapotées. Depuis mon poste élevé, je reconnais la plupart des délégués. Les Russes, bien entendu, et les Polacs, les Roumains, frères socialos, tout bien. Et des Chinois, des Africains, une secrétaire du cousin du sous-secrétaire des Affaires Etranges américaines. Enfin, la France ! La chère belle France ! Que mon cœur en chamade, là-haut, dans le feuillage (du buis, brrr) de l'arc de consternation. Le Premier Ministre en personne, avec son physique recueilli pour ne pas le laisser perdre. Escorté de notre Ministre de je ne sais plus quoi, un qui ne sert pas à grand-chose, mais il est moins payé que les autres. Attention, Tonio, prépare-toi bien. Assure ta pose. Et surtout, surtout, vise juste. Voilà, je suis paré. L'auto de la délégation française est conduite par un chauffeur en bleu de chauffe, justement.

Je vise, je vise. Encore quatre mètres ! Encore deux... Achtung ! Gaffe ! Vas-y mon kiki ! Je lâche ma babille et ma brêmouse. Le truc tombe rectiligne sur les genoux du ministre à mi-temps. Et alors, tu sais quoi ? Non, tu veux que je te dise ? C'est à peine si j'ose...

Ce con sursaute, avise la boule de feuillage, la saisit et la fout hors de la bagnole, sur la chaussée ; l'informe sagouin, l'hyper-connard, le demeuré invertébré, cette purgation en débandade ! Foireux, sanieux, déliquescenturion ! Enfoiré !

Le cortège continue de cheniller. Marche funèbre, tu parles ! Dans mon cœur flétri, oui ! J'aperçois ma carte de flic, sur la chaussée. barrée de tricolore, bien pimpante, s'étant dégagée du feuillage. On ne voit qu'elle. Bérurier qui s'est rendu compte de la chose enjambe la chicane, jupon troussé, pour l'aller cueillir, mais les soldats qui font la haie le refoulent. Et puis la calamité se précise ; un jeune officier profite d'un petit coma dans le défilé pour venir ramasser ma carte et mon billet. Foutance ! Il s'approche d'un officier qui lui est supérieur en grade et en âge. Lui remet la chose. Il désigne la courbe de l'arc où je suis planqué, explique des choses. L'officier dit un truc à un soldat qui l'escorte et qui est muni d'un talkie-walkie. Dare-dare, des zigs se pointent au pas cadencé et se placent en deux groupes à chacun des pieds de l'arc. Plus possible à l'Antonio de se casser ! Visiblement, ces chers camarades troufions attendent la fin du défilé pour agir.

Ça va être ma vraie fiesta. Me voici pris au piège. Et dire que je suis tout ankylosé, les paumes ruisselantes de sueur. Que faire ? Rien !

Chose surprenante, mais qui s'est déjà produite, je ne panique pas. Les périls sont grands, mais mon flegme l'est davantage encore. Je conserve le contrôle de mes nerfs si celui de la situation m'échappe.

En bas, les délégations continuent de délégater. Y a la Finlande, et l'Albanie, le Honduras, le Rasdurond septentrional, Monaco, Andorre, La Barbade, les Iles sous le Ventre, Saint-Domingue, Chypre et la Corée du Nord...

Après, vient l'artillerie. Des auto-chenilles tirant des canons, et derrière, tout de suite, des chars rutilants, avec le couvercle de leur coupole relevé, semblables à de gros encriers débouchés. Ils me passent dessous, si près que le gars sortant du trou est à moins de deux mètres de moi.

Tout s'opère presque à mon insu. Pas moyen d'éluder l'instinct, quand tu es Santantonio. Comme un nouveau char radine, je me laisse tomber sur son capot. J'agis si rapidos que tout le monde est béant de stupeur, y compris le tankiste déguisé en buste. Je lui colle un coup de tronche inouï dans les mandibules, et il s'enfonce dans l'habitacle. Prompt comme l'éclair au chocolat qui est dans la vitrine de ton pâtissier habituel, je me coule alors dans le char et rabats le couvercle.

Tu sais que c'est pas la joie, question confort,

à l'intérieur. Tu voudrais installer un ping-pong, faudrait sacrifier des meubles, parole !

Le mec qui pilote ce gros jouet est suffoqué. Il n'ose stopper l'engin, de crainte de rompre l'harmonie du cortège. Son pote est en plein sirop de dents pulvérisées.

Je me tasse au mieux dans la capsule.

Par la lucarne, et au-dessus de l'épaule du driver, j'avise la foule, les soldats à la parade, les tanks de devant... Un rire me vient. Je voudrais mater la frite de Bérurier, mais c'est trop tard. Ma situation est insensée, je le sais parfaitement. L'amusant vient de ce que personne ne tente rien contre moi pour l'instant, vu l'extrême gravité de cette cérémonie.

Un appareil de phonie intérieure se met à grésiller. Une voix haletante dit des choses. La réception n'est guère fameuse. Sans doute intime-t-on des ordres au conducteur ? Le gars est complètement paumé sous son casque. J'ai désarmé son pote, j'en fais autant pour lui. Et, en plus, j'arrache le système de phonie, pas qu'on lui souffle de vilaines idées qui me malencontreraient.

Le défilé se poursuit. A l'intérieur du gros encrier, je n'entends que le grondement du moteur, la musique funèbre ne me parvient que par bribes incertaines.

On continue de remonter l'avenue, on contourne la place Lénine au milieu de laquelle s'élève la statue en bronze de Boris Groschibr, l'un des héros de la Patrie Bulgare.

Encore un bout d'avenue, et c'est le parc Baldé Kathzar dans lequel va être inhumé mon pauvre Siméon, au centre de la pelouse où il venait jouer lorsqu'il faisait ses études au collège royal de Ruse. On a déjà creusé sa tombe, et préparé l'immense dalle de marbre blanc, veinée de bleue, qui la recouvrira.

Et alors, qu'aspers-je, non loin de la fosse, flanquée de quelques personnalités cacochymes ? Pincemi et pincemoi, pour lors ! Figure-toi, figure de toi, qu'il y a là Mme Grozob, en personne, dans un fauteuil d'infirme, un plaid (et bosse) enveloppant ses jambes, la pauvre, qu'on avait commencé à lui concasser les nougats, ou presque. Pour la foule, on l'a amenée, la bonne chère veuve, pas que le peuple s'inquiète de son absence. Se demande des pourquoi, comment, à cause. Que tout paraisse bien normal, logique.

Habillée de grand noir, un fichu de dentelle sur la tête, un mouchoir blanc pour tamponner ses yeux rouges, elle est là, à demi prostrée. Et ensuite ? Qu'adviendra-t-il de cette brave grosse ? En quelle geôle, asile, ira-t-elle attendre le moment de retrouver son Siméon ? Tu peux m'y dire ?

Mais mes préoccupations prennent un tour plus égoïste. L'altruisme, faut être disponible pour le pratiquer. La charité chrétienne (ou sur Loire), la compassion, faut des loisirs pour s'y consacrer. Et moi, dans mon piège à rats, hein ? coincé contre mon soldat groggy.

Je fais un rapide inventaire de l'appartement. C'est point grand, tu sais. Le siège du conducteur, celui du canonnier, surélevé par rapport au premier ; un logement pour un troisième homme passeur-de-munitions, et qui, fort t'heureusement pour moi, n'est pas là, puisque ce n'est pas la guerre qu'on fait, mais de l'enterrement National.

Le char s'est rangé sur l'esplanade, derrière un autre char. Je suppose qu'il y en a également derrière et sur les côtés. La troupe est très dense (rythmique). J'avise, sur l'autre rive de la tombe, une estrade décorée de drapeaux (goût bulgare). Le cercueil est déposé sur le marbre. Un personnage officiel, avec des lunettes, monte à la tribune pour raconter comme quoi Siméon Grozob était ceci-cela, et qu'il a fait ci et ça, et qu'on ne l'oubliera jamais avant ce soir, impossible, trop grande figure, trop formidable héros, personnage d'une capitalité incroyable. Défenseur des droits de l'homme, de la femme, de l'hermaphrodite, et j'en passe. Figure historique. Dimension internationale. Main de fer dans un gant de boxe ! Ame d'acier ! Incarnation de la Patrie. Et qu'il a toujours été pour ce qu'y fallait ; agi selon il convenait, rectiligne, indomptable, dressé, le menton toujours relevé, le regard perdu (à 50 %) sur la ligne à haute-tension des lendemains meilleurs qui débouchent infailliblement dans l'antichambre des avant-hier glorieux engendreurs de progrès social, maternité, catalogue Manufrance, vue sur la Mer Noire, tout ça…

Tel qu'il a déclaré, l'officiel, il va en avoir pour une plombe à repasser à l'amidon la carrière prestigieuse à Grozob. Ils sont jamais décheurs sur la bavasse, les tartineurs sur fond d'apothéose. Hymne national, tribune, flamber ges, merde ! Survoltant, ô combien !

Tout un dispositif est en train de s'établir, dans la fièvre, pour neutraliser « mon » char, une fois la kermesse noire terminée. Et que pourrais-je tenter, dès lors, moi, humble flic ignorant des blindés ? Canonner la ville ? Dis, je vais pas déclarer la guerre à la chère Bulgarie yaourtière. Je l'aime, moi, la Bulgarie. Je raffole son peuple. J'lui veux du bien. Ma peau, c'est pas un lot qui vaille si cher.

Qu'à force de me ronger les foies, je découvre qu'il existe un trappon au plancher. Sortie de secours en somme (préfecture Amiens). Quatre boulons à œillets. Je les dévisse. Faut forcer à coups de crosse de revolver, mais ça joue.

La plaque de métal pèse au moins je sais pas combien, et peut-être davantage. Je sue 100 et 0 pour l'ôter. De l'air frais pénètre à l'intérieur du char, et aussi les bruits. Discours glaglotteur du gazier juché. Je m'occupe alors du conducteur ·

— *Aufrecht !* j'y ordonne rudement, le feu pointé sur lui.

Il se lève, soit qu'il comprenne l'allemand, soit que la transmission de pensée existe même quand ladite pensée est articulée dans une langue différente de celle du sujet.

Tout en continuant de le menacer, je commence à me déloquer, ce qui n'est pas commode, surtout lorsqu'on est pratiquement coincé contre un mec. Une mimique véhémente l'incite à m'imiter.

Il.

Je mets au moins un quart de plombe à poser

mes fringues et à revêtir les siennes. Plus cinq minutes à ligoter les deux militaires en utilisant mes vêtements délaissés. Trois de plus pour les bâillonner. L'Officiel jacte toujours. Voix vibrante, mais qui reste froide. Continue, mon chéri. Parle encore, dis tout, raconte bien. Sers-la de A to Z, la vie édifiante de Siméon Grozob. Elle en vaut la peine.

C'est un exercice périlleux que j'entreprends, mais que fais-je depuis le début de cette singulière histoire ?

Je me laisse dégouliner du char. Me voici entre les chenilles, bien à l'abri. Je me repère. L'engin que je viens de larguer est bien au cœur d'un petit troupeau de blindés, ainsi que je le pensais. La visibilité n'étant pas fameuse depuis la lucarne des conducteurs, je ne crains donc pas d'être aperçu par ceux-ci en rampant sous les tanks, tu vois ?

Je repte donc. Ce que j'aurai rampé, dans ce polar de merde ! Non, je te jure, pour le prix, c'est dérisoire. Et attends, j'ai pas fini. Tu vas voir, plus loin, au bord du Danube gris (car il est pas bleu du tout, le Danube, je te jure. Plombé, marronnasse même ; bleu : fume !). Mais faut pas anticiper, qu'autrement, je te vais gâcher le plaisir de la découverte.

Donc, je file, à plat ventre sous les blindés (goût bulgare) jusqu'au dernier rang d'iceux. Si je déboule au nez et barbe de la populace, je l'ai dans le cul, comme disait la reine Elisabeth II, lors de sa nuit de noces. Mais cette fois, la chance me sourit béant. Je t'ai dit que l'inhumation de Siméon Grozob s'opérait dans un parc

Qui dit parc, dit pièce d'eau. C'est le long d'un immense bassin rectangulaire que sont alignés les chardasses. Au-delà du bassin, y a personne, car des gens seraient coupés de la cérémonie par ce vaste fossé. Et, d'autre part, à l'intérieur du parc, le populo n'est pas admis. Ne s'y trouvent que les dignitaires du régime (de bananes) J'atterris donc près de la margelle du bassin. Des nénuphars pas encore fleuris étalent leurs palmes vertes sur l'eau verte. Des statues cracheuses, style naïades, sortent de l'onde pour glavioter des jets irisés.

Je me relève et m'époussette. Rajuste mon casque. Visionne le pourtour des alentours Personne ne me prête attention. Les assistants sont devant les tanks. Et tous écoutent avec un recueillement vrai ou feint les trémolances de l'officiel qui pleure à sec (comme l'enculage du même nom) la disparition prématurée du Camarade Secrétaire Siméon Grozob, lequel a bien mérité de la patrie, le valeureux. O chère Bulgarie yogourteuse et indélébile, qui connut des siècles d'oppression, depuis les Ottomans, jusqu'à ce qu'enfin l'héroïque Soviétie te vienne libérer à tout, tu sais quoi ? jamais !

J'adopte un pas raide pour contourner le bassin. Mais mon ivresse de liberté chérie ne dure pas. Je constate très vite que le parc est cerné par la troupe, laquelle le défend contre le culte populaire. Si je me pointe et me fais interpeller par un juteux, je suis perdu. Et pas pour tout le monde, espère !

Alors j'oblique vers l'intérieur du parc.

Que faire ? Me placarder dans un massif ?

Hum, c'est risqué. N'écoutant que la voix secrète de mon subconscient, je me dirige vers une vaste construction vitrée qui me paraît être un jardin d'hiver

Effectivement, c'en est un. Drôlement ficelé. Ça pue le foin en décomposition. Il y a des plates-bandes où végètent des essences rares. Des allées mal ratissées, une sorte de placette pavée avec quelques bancs rouillés. Quelques statues écaillées, une remise fermée par une porte de fer à cylindre, comme en sont munis les garages des pays du Sud. Le volet est à demi baissé et presque à demi levé. Dans la remise s'enchevêtre un bric-à-brac de briques et de brocs : outils de jardinage, rouleaux de grillage, échafaudages démontés, tuyaux d'arrosage, tout ça, plus encore, tu juges ? Et des sacs de terreau, d'engrais. Des pots de peinture verte... Des plantes à bulbe sur des claies superposées.

Ce sont ces dernières qui me donnent l'idée de ma planque. Elles s'étagent dans le fond du hangar et culminent à trois mètres, qu'une petite échelle est appliquée contre pour permettre l'accès aux plus élevées

Alors moi, soldat Santonio (goût bulgare) je fais quoi-ce ? Oui, mon ange : je grimpe sur la plus haute pour y voir de plus loin. Même qu'elle est vide. Je hale l'échelle et l'allonge contre le mur, au sommet de ma claie.

Ne me reste plus qu'à m'étendre tout contre l'échelle, bien assuré certain que, d'en bas, on ne saurait me voir

Voilà, il faut à présent que j'attende en me relaxant. Que j'attende en espérant.

Un jour, décidément, j'achèterai une caravane et j'irai vendre des hot-dogs à la sortie des stades.

***

Je ne vais pas te faire croire que je dors dans les situations d'attente critique. Pourtant, ce qui m'anesthésie, là-haut, juché sur ma claie, ressemble tellement à de la dorme que cela doit en être. Une torpeur sédative. Je reste en état de presque conscience, mais il y a en moi un balancement onctueux, réparateur. C'est une manière qu'a trouvée mon organisme si malmené pour récupérer des efforts répétés que je lui inflige.

Et alors, en vertu de ce que je te bonnis, j'use plusieurs heures à folâtrer dans la barbe à papa, tandis qu'on inhume Siméon Grozob, en grande énorme pompe, au-dehors. Taratata, flamberge au vent. Quand on enterre laïquement, faut vraiment en remettre pour chercher l'équivalence des fastes religieux. T'auras beau dire et faire, sur ce plan-là, l'église est irremplaçable

Toutes les estrades drapées nationales, tous les drapeaux, défilés militaires ne remplaceront jamais une grand-messe chantée à Notre-Dame

J'écoute confusément, au creux de ma blottissure. Je suis réfugié en moi, comme un ver dans son cocon. Inexpugnable, me paraît-il

Et puis la rumeur change d'intensité Le sol

est ébranlé par le fracas des véhicules lourds. Les échos sollicités par le martèlement des pas.

Je m'éveille tout à fait au moment où les portes du jardin d'hiver s'ouvrent. Je me dis qu'on se pointe pour la grosse fouille, car l'on s'est aperçu de ma débinade. Mais non. Ce sont des voix presque basses qui retentissent. L'une d'elles est grave.

Je coule une amorce de bout de regard par une fente de la claie. Et j'aperçois un groupe pour le moins singulier : Mme Siméon Grozob, dans son fauteuil roulant, à demi évanouie. Un type porteur d'un attaché-case et qui doit être — du moins je l'espère — un médecin, prépare ce qu'il faut pour lui faire une piqûre. Deux autres gus en civil, signés flicards, se battent les flancs pendant ce temps.

Le toubib leur dit quelque chose et l'un d'eux se taille. Le doc fait sa piquouze et tapote la joue de la pauvre femme. Qu'ensuite, il ôte le plaid recouvrant ses plaies, détortille un pansement frugal (le mot est joli employé ici) pour examiner ses blessures. Je ne puis les voir, mais elles doivent être tartignoles à en juger à la grimace du poulardin. Le médecin badigeonne les plaies, refait un pansement.

Mme Siméon Grozob laisse tomber sa tête de côté et s'endort, envapée par la drogue calmante qui lui a été injectée. Obligeamment, le toubib l'arrange au mieux. Puis il replie son matériel.

Un peu de temps s'écoule. Bientôt, je vois manœuvrer une ambulance sur le terre-plein, devant la porte vitrée du jardin. Deux infirmiers en veste blanche amènent un brancard. On arrache Mme Grozob de son fauteuil pour l'y coucher et la coltiner dans l'ambulance. Le deuxième flic a rejoint le premier. Ils montent avec la dame et l'un des infirmiers à l'arrière de l'ambulance. L'autre va se placer au volant. Le toubib leur fait un signe de la main et s'en va. L'ambulance parcourt une dizaine de mètres et doit stopper à cause d'une cohorte de petits canons tractés qui rentrent chez eux après avoir participé au défilé.

Et bibi mézigue, tu sais quoi ?

Je saute de la claie, sans faire appel à l'échelle. Je cours jusqu'à l'ambulance et ouvre la portière avant droite.

Un soldat (car je suis travesti en bidasse) n'inquiète point.

L'infirmier-pilote se contente de me couler un œil et de me poser une question à laquelle je ne réponds pas en m'installant délibérément sur le siège passager, l'air rogue, je voudrais que tu me visses.

Le gars n'insiste pas. Doit croire à une consigne. Me juge escorteur. Ma manière tranquille et sûre, mon air grinchard, tu parles ! Lorsque la caravane de canons est passée, il démarre. On suit une allée secondaire du parc, et on va chercher une porte. Le flot des assistants a fini de s'écouler. Les badauds, dans les rues, retour nent en chagrinant encore un brin à leurs occupes.

Les militaires qui gardent les issues nous laissent sortir sans broncher. La bagnole roule trois cents mètres, peut-être trois cent dix mètres, je ne saurais te le préciser.

Et puis, le destin..

Toujours lui, déguisé en hasard · souvent aussi en Providence.

Qu'aspers-je, plantés face à la grille du parc ? Je ne te le donne pas en mille, je te l'offre. Ce sera la prime remise avec ce bouquin de merde. Tu peux, si elle ne te convient pas, l'échanger contre un paquet d'Ariel (1). Face au parc, attendant la fin de l'écoulement humain, j'avise Bérurier et la môme Ivana. Le Gros, toujours loqué grand-mère, comme de bien s'entend. La trogne follement anxieuse. Je devine qu'après mon exploit du char, il a dû suivre de loin ce dernier. Les factionnaires ne l'ont point laissé entrer, et maintenant, il est là, le bon toutou fidèle, aux aguets, la rate court-bouillonnante, l'œil en objectif de périscope, beau comme une fermière bulgare dans ses atours (prends garde).

Je touche le bras du chauffeur

— Stop !

— Ké studé khôn ? il objecte.

Je sors l'un des deux feux empruntés aux chers tankistes de naguère et lui en pointe un entre les côtelettes.

— Stop ! réitéré-je ; que cette fois il optem, tu sais quoi ? Père !

On est arrêtés à quelques mètres du couple. Je file un coup de saveur à l'arrière. Comme dans tous les véhicules de ce genre, les vitres arrière sont dépolies, les deux sbires ne peuvent

(1) *Note pour la postérité* Ariel était le nom d'une marque de lessive, en vente et en vogue vers les années 80-90

donc se rendre compte de la situasse Ils croient cet arrêt motivé par l'interruption de circulation

Je baisse ma vitre .

— Hé ! Gros !

Faut pas le lui crier deux fois Son Enflure bondit.

— Merde, t'v'là, et moi qu'j'me caillais l'raisin à m'demander...

— Tu m'écriras le reste ! coupé-je Tiens, voilà un feu. A l'arrière de l'ambulance se trouvent trois mecs, dont deux sont flics. A toi de jouer, je ne peux t'aider, étant obligé de contrôler Monsieur

— On f'ra sans toi, mon pote, déclare la grosse mère (goût bulgare) en zozotant biscotte la triste absence de son râtelier.

Il passe à l'arrière du véhicule et ouvre les lourdes à la volée. J'ai beau essayer de mater la scène, ce qui se passe est beaucoup trop rapide pour qu'il me soit permis de t'en dresser un rapport scrupuleux.

Certes, le Mastar bénéficie de l'effet de surprise, certes, le fait qu'il soit déguisé en femme l'aide à enviander ces messieurs. Toujours est elle (puisqu'il est provisoirement dame) qu'une rapide échauffourée dissipe les malentendus. Je crois comprendre, en décomposant ce que j'ai aperçu et en essayant de replacer les morceaux dans un ordre chronologique, je crois savoir répété-je, que Sa Majesté a bondi tel un taureau dans la reine. Et puis elle a billé avec une promptitude et une massivité qui l'ont mise hors concours depuis lurette en matière de coups de main et blessures pouvant entraîner la mort sans intention formelle de l'abonné. Reconnaissons, sans vouloir diminuer ses mérites, que ses adversaires (si peu) sont assis de dos par rapport à l'intrusion du chourineur. Le premier à sa portée a eu droit à un coup de crosse dans la boîte à idées, le second à un coup de tronche dans la margoule, puisqu'il venait de se retourner, et le troisième à un crochet du gauche à la tempe. Tu comptes jusqu'à quatre, le plus vite possible, et c'est la durée de cette action émérite.

— Ferme la porte, Ninette ! dit le Gros à Ivana, toujours docile.

Et d'hurler à notre intention :

— L'arrêt-buffet est terminé, pour moi, chauffeur, c'sera Porte d'la Chapelle, j'vous prille.

ET DES CHAPITRES TREIZE COMME ÇA ; T'EN AS DÉJÀ LU, DES CHAPITRES TREIZE COMME ÇA ?

Bon, on ne chôme pas. C't'un book où tout va très vite. Je ne marne pas dans le statique.

Que je t'enchaîne...

Lorsque le conducteur de l'ambulance arrête celle-ci, dans un chemin creux allant se perdre dans un bois touffu, je l'en fais descendre, toujours sous la menace de mon pétard, en le priant en allemand, mais avec des gestes bulgares, d'enjamber son levier de vitesses afin de débarquer par ma propre portière. Ce, tu l'auras vaguement pigé, pour le délivrer des mauvaises tentations.

Il obéit et je vais ouvrir l'arrière. Une odeur d'éther m'agresse les trous de pif.

— Boûhfff, viv'ment un peu d'air frais, j'commençais à m'envaper, déclare le Majestueux.

Ivana somnole sur le plancher, entre les jambes des autres Bulgares, lesquels sont franchement out.

— Où en sommes-nous ? questionné-je.

— J'ai soporifié ces messieurs, révèle le Gros,

pour débuter un' p'tite asthénie locale, entièrement au jus d'os. Ensuite, j'y ai fait écluser une bouteille d'éther qui s'trouvait dans c'mignon placard d'fer qu'a une croix rouquinos peinte dessus.

« Tiens, il en reste pou'l'chauffeur, assure-t-il. Bois, mon grand ! »

Mais l'autre refuse. Alors il le sidère d'un parpaing au bouc et lui fait absorber posément le volatil breuvage, et volatil pas que l'autre s'endort comme un caillou.

— Coltine ces braves gens dans un fourré, Mec ! enjoins-je au Mammouth. Et ligote-les un peu, ça nous gagnera du temps.

— Et toi, l'artiss ? Les basses b'sognes t' rechignent ? grommelle la chère grosse nounou bulgare.

— Moi, je vais m'occuper de la blessée. Il s'agit de Mme Siméon Grozob, figure-toi.

Ivana n'est pas dans son assiette. Les vapeurs d'éther l'ont contagiée, probable. La voici, pâlotte, les lèvres retroussées, les jupes de même, sur le point de défaillir.

Je lui conseille de s'aérer les éponges. Puis, aidé du gars Béru, je tire le brancard de l'ambulance afin de le déposer à l'air libre. Mme Grozob vogue toujours dans l'inconscience. Je lui donne des petites tapes sur la joue, comme on doit le faire pour aider une personne médicamentée à refaire surface, mais elle tarde à revenir à nous, voire plus simplement à elle.

Encore de l'attente.

Pour la tromper, j'aide Bérurier à vider l'ambulance.

***

La nuit descend dans du crachin. On ne peut appeler cela la pluie, ça produit comme lorsque tu passes à proximité d'une pelouse arrosée par un tourniquet et que tu ramasses sur la frite des espèces d'embruns vaporeux.

— Vous m'entendez, madame Grozob ?

En allemand. Mais elle pige pas. En anglais non plus. En rien qu'en bulgare, comme l'écrirait un non académicien que je connais.

Faut comprendre : c'est une personne d'humble extradition, comme dit Béru. Elle était maquisarde avec Grozob, faisait la tambouille, soignait les blessés, fille d'artisan yogourtier, si je réfère son curry-cul-l'homme. Humbles gens (la cabane est pauvre mais bien close). Les langues étranges ? Fume ! Etrangères ? Pas le temps. No memory. Les pauvres, ils passent leur vie à mal parler leur propre dialecte, c'est pas pour se faire tarter l'oigne à gabouiller les patois d'ailleurs, merde !

Bon, faut l'interprétise d'Ivana.

J'explique bien, de mon mieux à celle-ci qui paraît avoir récupéré, que j'entends poser des questions à la dame. Qu'elle y aille molo : voix douce haleine Colgate (1).

Elle comprend.

Dès lors, mon interro commence.

J'aimerais tellement mieux m'adresser directement à elle ! Ivana, après les contrecarres

(1) J'ai mis Colgate comme ça, mais c'est pas pour qu'on m'en donne, j'use un autre

qu'elle nous a manigancés, au début de nos relations, je garde une confuse méfiance. Logique, non ?

Mais quand on n'a pas le choix, on n'a pas le choix, dirait ma concierge si j'en avais une. Voilà pourquoi j'y vais, bille en boule :

— Nous sommes des amis. Existe-t-il un endroit, dans la région de Ruse où nous pourrions vous conduire afin que vous soyez en sécurité ?

Elle balbutie quelque chose.

— *Was ?* je demande.

— Elle a une très vieille tante qui l'a élevée et qui habite Chibrak, au bord du Danube.

— Dites-lui que nous allons l'emmener là-bas. Maintenant, demandez-lui si elle est au courant du secret concernant l'œil de verre de son mari.

Ivana questionne et je scrute l'expression de Mme Grozob. Elle secoue négativement la tête en balbutiant des choses d'un ton las.

— Alors ?

— Elle dit qu'elle ne comprend rien à cette histoire d'œil. On l'a déjà questionnée pendant des heures là-dessus, en la menaçant, mais elle a été incapable de parler.

Pas une seconde je ne mets en doute la sincérité de la veuve. Il y a dans son visage, dans sa voix, dans ses yeux, ce je ne sais quoi de désespéré qui est le propre de ceux qu'on interroge sur un sujet qu'ils ignorent. Je suis certain que si elle savait elle parlerait, et c'est parce que Siméon Grozob était persuadé de la chose, lui aussi, qu'il n'a jamais mis sa grosse bobonne au parfum de sa combine diabolique.

Je mordille une peau morte à mon pouce. Allons, bon, voilà que je me fais saigner, comme toujours lorsque je suis au comble de la nervouze.

Béru est assis entre les deux portes arrière de l'ambulance. Il regarde, écoute, pète discrètement, de temps à autre, manière de meubler les silences et de renouveler son atmosphère.

— Dis voir, Gars, soupire-t-il après une vesse presque mélodieuse, y a une chose dont ça m'frappe. C't'œil tout seul, y n'rime z'à rien. Non ?

— On le dirait, en effet.

— Donc, y faut qu'a aut' chose av'c pou' qu'ça boume.

La remarque parcourt dans mon esprit une distance faramineuse, ce à la vitesse de la lumière, plus celle d'un gendarme à vélo.

Il dit d'or, Mister Mastar. C'est l'évidence même. L'œil ne serait que la clé de cet *autre chose* dont parle le Pantin de Rosseur (ou le Penseur de Rodin, si tu es trop con).

J'évoque la maison qu'habitaient les Grozob, à Sofia. Cette pièce-bureau-blockhaus dans laquelle il se terrait, le Secrétaire Général. Est-ce là qu'il cachait la partie « B » de son secret, si toutefois elle existe ?

Il s'agit de phosphorer et de faire reluire sa pensarde. Je lui ai remis son œil en fin de journée, dans la clairière, près de Sofia. Quelques heures plus tard, il m'envoyait quérir à mon hôtel parce qu'il avait constaté qu'il ne s'agissait pas du bon lampion et que je l'avais berluré. Donc, C.Q.F.D., dans l'intervalle, il a confronté l'œil de verre et l'élément complémentaire « X », tu es bien d'accord ?

— Ivana, mon amour, voulez-vous demander à Mme Grozob ce qu'a fait son mari, avant-hier soir, disons à partir de huit heures ? Qu'elle essaie de bien se rappeler, c'est capital.

Traduction est faite.

Bérurier qui a pigé m'adresse un clin d'œil (c'est le moment) encourageant. Il soupire qu'il a faim et argue qu'il aimerait bien bouffer la moindre des choses.

— Qu'a-t-elle répondu ? demandé-je à ma jolie Bulgare (au goût français).

— Elle dit qu'en arrivant chez lui, son mari a décommandé un dîner auquel il devait assister. avec des délégués du Parti Agraire et a affrété l'hélicoptère de fonction.

— Pour se rendre où, le lui a-t-il révélé ?

Ça jacasse un peu. La veuve est dans un état pas tout à fait second, mais en tout cas un bis. On sent que sa pensée fait des grumeaux. Elle réfléchit en se forçant, répond en se forçant plus encore.

— Il a dit qu'il devait faire un bref aller-retour à Ruse, mais que c'était l'affaire de deux heures...

Ruse ! Bonté Divine, mais nous y sommes, à Ruse. Ruse, le pays natal de Siméon

— Ont-ils une résidence, ici ? m'enquiers-je.

Réponse ·

— Pas à Ruse même, mais tout près, à Kachtékopec. Grozob y possédait sa maison natale, une minuscule fermette où il lui arrivait de faire retraite, parfois.

On se regarde, le Mahousse et moi, d'un air d'en avoir quatorze, comme se regardent deux marchands de voitures qui viennent d'acheter à un louftingue une Rolls neuve pour le prix d'une 2 CV d'occase

***

La tante Machprö est une belle vieillarde, un peu aveugle sur les bords, mais à cause de ses lunettes noires ça ne se remarque pas tout de suite.

Nonagénaire en pleine force, possédant toute sa tête, comme dirait Marie-Antoinette avec convoitise.

Elle crèche dans la proche campagne, en bout d'agglomération.

Sa maison est modeste, mais proprette. Trois pièces, un bout de hangar délabré. Quelques poules habitent la grange et se perchent au petit bonheur. Un chat roux somnole auprès d'un vieux poêle de fonte qui fumasse et pète, de temps à autre, sur la même fréquence que Bérurier.

On essaie que notre venue soit la plus discrète possible. Mme Grozob discute faiblardement avec sa vieille tatie, laquelle la réchauffe de baisers et la lave de larmes, comme l'a écrit si joliment je crois Jules Mauriac dans « Le Nœud de Mon Père ».

Je prends dès lors des mesures en contrebas Demande son manteau à la veuve, de même que ses godasses et la petite chaîne d'argent qu'elle porte au cou avec, comme pendentif, la faucille et le marteau en bois de zitraune sculpté. Mon intention, je te la dirai un peu plus loin, pas très, avant que tu aies oublié ces détails. Puis, je la chapitre (treize) comme quoi elle doit se planquer chez tantine en espérant des jours meilleurs. S'enfermer dans le grenier de la vieille dame et ne mettre le nez dehors qu'à la nuit tombée.

Là-dessus on la quitte après s'être fait indiquer la route de Kachtékopec.

***

Moi, cette ambulance, je me dis qu'elle commence à bien faire car l'alerte doit être donnée depuis plusieurs plombes déjà et nous sommes à la merci d'un barrage, voire d'une modeste patrouille.

Trouille ou pas trouille, that'is the question, a dit Shakespeare, et comme il avait raison !

Dès lors que je sens monter les périls, je décide de nous en débarrasser. Pour cela, j'attends une occase opportune et ne tarde pas à la trouver.

Il me semble t'avoir déclaré quelque part, en cours de chef-d'œuvre, que le village natal de Grozob est situé à l'embouchure de la Jantra, là que cette rivière se jette dans le beau Johann Strauss, qu'est-ce que je débloque, moi : je voulais dire dans le beau Danube Bleu.

Peu avant le village, un pont de bois franchit la rivière, laquelle est tellement en crue que tu dirais l'Amazone à son estuaire. Tout juste praticable, ce pont.

Ayant atteint son orée, je prie mes compagnons d'en descendre, après quoi j'engage la chignole dessus, volant braqué, moteur tournant. A l'aide d'une béquille trouvée sous le support à brancard j'enclenche la première vitesse depuis l'extérieur. L'auto se met en route, mollassonnement, pique sur le parapet (trop faible pour ceux de Béru) qu'elle brise posément, et plonge dans la rivière moutonnante. Je l'y vois tournoyer, cul levé, puis elle se laisse emporter par le courant.

Les godasses, le manteau et le pendentif de Mme Grozob sont restés à l'intérieur. Ainsi, avec un peu de chance, les autorités concluront-elles peut-être à un accident et penseront-elles que la veuve, médicamentée, a péri et que son corps s'en sera allé à vau, tu sais quoi ? Oui : l'eau !

L'auto blanche disparaît dans l'obscurité inquiétante et s'en va vers la Roumanie, la Yougoslavie, la Tchécoslovaquie, l'Autriche et, qui sait ? L'Allemagne.

Je fais signe à mes compagnons de me suivre. Le Gros bouffe des pommes de terre cuites à l'eau par la tantine de la veuve Grozob et dont il a empli son corsage. La nuit est claire. L'air mouillé sent le végétal aquatique. Je me repère aisément car, selon les explications fournies par la veuvasse, la maisonnette de feu Siméon se trouve à l'extrémité d'une espèce de presqu'île située peu avant la jonction de la Jantra et du Danube.

Quinze cents mètres de marche à travers les prés humides, et nous parvenons en vue de cette pseudo langue de terre, provisoirement transformée en golfe clair par l'inondation. Mais alors, mais alors, mais alors quelle surprise (en anglais : surprise) !

Des projecteurs bordent les deux rives de la Jantra et sont braqués sur une fermette dont une partie est immergée. Des soldats bivouaquent dans des véhicules autour de ces projos. A quoi riment ces mesures ? Les petits malins qui rêvaient de mettre à bas le Secrétaire Général ont-ils eu la même pensée que nous, ou bien le Gouvernement a-t-il décidé cette démonstration pour honorer la mémoire du héros défunt ?

Que font ces troupes cantonnées sur les berges ? Attendent-elles la décrue pour investir la maison et la fouiller ? Je le pense très objectivement.

Et, le pensant, je me dis :

— Mon Tantonio-Chéri, tu dois absolument, je répète : ab-so-lu-ment, prendre les devants et visiter cette baraque avant les gentils Bulgares. Certes, la maison natale du grand Grozob se trouve en partie dans l'eau, et le flot galope de ses parts et d'autres, rendant l'approche périlleuse. Mais toi, les périls, hein ? Tu m'as compris tu m'as. Pas la première fois que tu vas risquer ta merveilleuse peau si convoitée par les dames.

— Tu penses t'à quoi t'est-ce que ? me demande l'Enflure, sa main droite posée sur mon épaule gauche comme un sac de farine.

Comme je ne réponds rien et qu'il a tout compris, il déclare :

— Vas-y pas, mon Grand, tu te noiererais av'c c'te tisane en furie. Si les militaires restent z'aux bords des abords au lieu de prendre un barlu, c'est qu'y savent impertinemment qu'a pas mèche de ramer jusqu'à.

Comme je descendais des fleuves impassibles... récité-je, tandis qu'il jacte.

La voix de l'oraison, comme disait l'aigle des mots. Mais foutre, fichtre et merde en branche !

Si près de ce qui peut être le but, vais-je abdiquer ?

Me laisser démoraliser par une simple inondation bulgare ?

— Il me faudrait une longue corde, rêvassé-je.

Sa Majesté ricane.

— De trois cents mètres, n'est-ce pas, mon cher baron ? Et de quelle couleur est-ce que vous la souhaitereriez ?

— Ou alors, une tenue de plongée.

— Vous avez-t-il une marque préférée ? persifle la mère Béru.

— Ou, pour le moins, un bidon vide hermétiquement bouché ? m'obstiné-je (carbonique) à énumérer.

Cette fois, l'Ampleur ne donne pas le répons mais hoche la tête.

Et puis s'éloigne à pas de loup-garou sous la lune voilée comme une vieille roue de vélocipède.

Ivana se blottit contre moi.

Voilà une petite convertie qui a joué ma

partie scrupuleusement. Afin de la récompenser, je lui décerne le gros bisou de San-Salvador, avec accompagnement trifouilleur de ma dextre dans sa région danupubienne. Foutudiable, j'aurais d'autres chats à fouetter, c'est bel et bien le sien que je choisirais encore.

A peine qu'on a achevé de s'entre-déguster les amygdales, la voix de tout-à-l'égout du Mastar retentit.

— Est-ce qu'c't objet va conviendre à son Altesse Royale ?

Il brandit un jerrican d'essence.

— J'sus été le décrocher à l'arrière d'une jeep, explique-t-il, et je te porte à la connaissance que tous les bidasses ronflent, qu'c'est à s'demander si c'sont des fantassins ou des aviateurs.

Il vide le bidon, le rebouche.

— Si j'ai bien pigé tes intentions, mon grand, tu veux t'en servir comm' bouée de sauvage ?

— Textuel.

— Alors dessape-toi, Bébé Rose, et v'là la sangle qui maint'nait le jerrican pour t'l'attacher su'l'poitrail. Moi, qu'est-ce j'peux faire pour t'aider ?

— M'attendre, en aval de la rivière, plus bas qu'la ferme, à la pointe de cette anse plantée de saules pleureurs, que tu aperçois avant l'embouchure. C'est là-bas que je vais tenter de rejoindre la rive.

— Tu croyes pouvoir lutter cont' le courant, Sana ?

— Je ferai l'impossible.

On ne s'en dit pas davantage. Nous, le Gros et

moi, dans les périodes critiques, on a tendance à éviter les discours. On déconne mais on ne parle pas. Ou bien on la boucle, ce qui est beaucoup mieux...

— N'oublie pas de prendre mes fringues avec toi ! recommandé-je.

La môme Ivana, quand elle a pigé mes intentions, se jette à mon cou en suppliant : « *Nein, oh ! nein* », qui fendrait le cœur d'un as de trèfle. Je lui tapote la joue en proférant des paroles rassurantes.

— Fais-toi-z'en pas pour elle, murmure le Mammouth, j'vas m'en occuper, qu'elle console un brin, quitte à m'faire bricoler un'p'tite pipe si b'soin s'rait.

Fort de cette assurance, je m'engage lentement dans l'eau glacée. Ce qui m'amène à gesticuler désespérément, donc à nager avec une vigueur en comparaison de laquelle les bielles d'une locomotive lancée à cent cinquante à l'heure ressembleraient à des fouets à mayonnaise.

Jouant mon va, tu sais quoi ? Oui : tout ! J'ai le culot de gagner le mitan de la rivière en délire, ayant remarqué que le courant file droit sur la fermette, puis qu'il oblique brusquement à gauche, parvenu à cent mètres d'elle, refoulé par un amoncellement de roches. Le tout est de ne pas me fracasser contre les rochers d'une part, et de ne pas me laisser charrier à dache par le flot, de deux parts.

Faut être courageux pour tenter une chose pareille, tu sais ! Je veux pas me donner la palme, encore que j'en aurais grand besoin pour nager présentement, mais je ne vois pas beaucoup de gens, à l'Académie Française, excepté Jean Dutourd, lequel nage comme un triton, ses lunettes sur le front, qui pourrait s'offrir une performe de ce gabarit.

Je sens le courant me capter. Il m'empare, me bouscule, m'engalope avec lui vers j'ignore quelles abysses. Je suffoque, je Suffolk, je sus phoque. Ah ! l'horrible sensation ! Goinfré d'eau, étourdi, dominé, happé, pris, malmené. Sans le jerrican, j'aurais coulé instantanément, tant l'eau est en violence inouise. Mais le providentiel bidon assure ma flottaison. Je plonge pour émerger aussitôt. Et quand mon cher visage refait surface, j'ai le temps d'apercevoir la rive qui ouragante, déferle en grande cavalcade et sarabande (de cons).

Les projecteurs me permettent de situer l'ampleur de mon déferlage. J'arrive près du monticule de roches. A cet endroit, ça bouillonne comme sur l'évier du Niagara. L'écume gerbe à tout berzingue. Et la rivière grondasse comme un dogue allemand (ces cons) quand tu t'approches de son repas.

Je lutte farouchement contre la force irrésistible qui naninana nana nanère.

Et mon ange gardien réussit la prouesse de me centrifuger loin des roches. Je déboule sur une aire de repos d'eau qui succède au monstrueux remous. Nager jusqu'à la maisonnette n'est plus qu'un jeu d'enfant de Marie.

Maintenant, c'est de la tartelette. Le tout est de ne pas rester dans la lumière intense des projecteurs, des fois qu'un guetteur regarderait de ce côté-ci en allant pisser. Fort heureusement, l'une des faces de la crèche est restée dans l'ombre. Et reheureusement, elle comporte une fenêtre.

L'ouvrir ne vaut pas la peine d'en faire un documentaire. Je m'introduis dans la masure (c'en est une) envahie par l'eau jusqu'à mi-cuisses.

***

Plus que modeste, la natale maison de Siméon Grozob. Quatre pièces en enculade et meublées chichement. Pas de cave, pas de grenier. Il y avait probablement une grange, jadis, mais elle a dû s'écroulaga avec le temps et les crues (il faut laisser les crues se tasser, qu'il dit comme ça, mon Béru, j'allais oublier, pardon escuse).

A propos des meubles : ils flottent presque sur l'eau noire. La lumière des projos inonde l'intérieur par faisceaux intenses. La vision de cette maison désolée, si pauvre et clahuteuse (1), a quelque chose d'hallucinant.

Je claque des chailles. Mais la première partie de mon expédition ayant réussi, je dois continuer. Haut les cœurs, les mains, les bibites ! A toi Santonio ! Sus ! Suce ! Tu es à pied (et point nommé) d'œuvre. La réussite te sourit niaisement, profite, mon fils, profite !

Alors je procède à un rapide tour du proprié-

(1) Clahuteuse ne signifie rien d'autre que ce besoin qui m'a pris de l'écrire

taire, si je puis user d'un si funeste terme en pays socialo. Ce serait vite fait sans l'inondation.

Je contemple les humbles pièces. Il les a conservées telles qu'elles furent en son enfance, le Secrétaire Général. La pièce commune, trois chambres de faibles dimensions... Il aurait pu les rebecqueter, leur adjoindre du sanitaire, quelque confort. Mais non, soit par esprit conservateur (pour un communiste, hum), soit pour servir sa légende, il a laissé les lieux en état, et c'est un très mauvais état.

Alors, bon. Santantonio se met à gamberger. S'identifie au leader défunt.

Je suis Siméon Grozob. J'ai quelque chose à dissimuler ici. Quelque chose possédant une importance formidable. Où vais-je le planquer ? Lacune grave : j'ignore le volume de « la chose ». Passons ! Mettons qu'elle soit de dimensions réduites. Par hypothèse, je décide que cela ressemble à une boîte à chaussures. Pourquoi une boîte à chaussures ? Parce que que ! et fous-moi la paix, merde ! J'ai le fion dans l'eau glacée, pas le moment de me tartiner les roustons avec tes sempiternelles oiseries.

Donc, je pense à un carton à godasses. Où le cacherais-je ? Je ne l'enterrerais pas, puisque je sais que la région subit parfois les crues de la je-me-rappelle-plus-le-blaze...

Les meubles ? Quelques placards muraux, aux portes branleuses. Un vieux bahut qui navigue dans la cuisine. Les lits sommaires ?

Et pourtant, l'autre nuit, avant que la rivière ne soit gonflée par les pluies diluviennes, il est venu ici, Grozob. Vérifier que l'œil de verre n'était pas le bon.

Une cache ?

J'inspecte le plafond disjoint. Il m'a l'air de bon aloi. Il est si bas qu'il m'est aisé d'en contrôler les lames une à une.

Un placard truqué, à double fond ? Je les contrôle tous. En vain. Nib de trouvailles.

Les murs sont nus, sans possibilité de cachettes. Je ramène ma viande dans la salle principale. Et soudain, je sais. Je pressens. Je comprends. La cheminée ! N'est-ce point le cœur d'une chaumière ? Quelque chose comme son âme ?

Celle-ci est vaste, avec une hotte qui diguedigue. Je vais me placer dans l'âtre. Evidemment, je ne vois rien, sinon un petit rectangle de ciel enlumé, à l'extrémité du conduit. Je me mets à palper minutieusement la paroi crépite de suie ; commençant par le bord, je tâte aussi haut que ma main puisse se tendre. Et je recommence, sans épargner le moindre centimètre. Je m'active de la sorte pendant un bon moment, qui, pour moi, nu et transi, est un sale moment.

Mais la récompense est au bout ! Lorsque j'ai terminé d'investiger la hotte (-toi de là que je m'y mette) je passe au mur contre quoi la cheminée est adossée. C'est dans l'angle gauche que le truc se produit : une pierre en saillie qui branle comme une dent creuse ou une main de collégien. Il ne m'est pas difficile de m'en saisir et de l'arracher à son alvéole. Je dégage ainsi une ouverture ayant à peu peu de chose près les dimensions d'une boîte à chaussures.

SI ÇA CE N'EST PAS DU CHAPITRE QUATORZE, ALORS PASSE TOUT DE SUITE AU CHAPITRE QUINZE !

J'ai bien choisi en demandant au Gravos de m'attendre au bouquet d'arbres. La maison constitue un îlot qui détourne le courant et il m'est plus aisé de dominer le flot à partir d'elle. Béru a préparé du matériel de récupération, à savoir deux mètres de palissade qu'il me jette judicieusement et à laquelle je peux m'agripper. Il hale alors mon radeau improvisé à l'aide d'un fil de fer de clôture.

Suffoquant, je me laisse tomber dans les roseaux, en père pélican lassé d'un long voyage. Mais au lieu de m'auto-étriper, je me laisse bichonner par mes deux camarades d'équipée. Qu'ensuite je renfile ma tenue militaire avec un soulagement que seule l'obscurité du sous-bois dissimule.

— T'as trouvé c'qu't'espérais, Mec ? questionne l'Ignominieux.

Je lui montre la boîte de fer que j'ai solidement fixée à mon jerrican.

— Je pense que ça doit être ça !

— Tu permets qu'j'vais regarder ?

— Plus tard. A présent, il s'agit de calter avant le jour. Nous avons toute la Bulgarie à traverser, mon Drôlet.

— Pour aller où ce que ?

— En Grèce ! C'est le seul pays limitrophe, avec la Turquie, qui nous soit propice. Et il va falloir trouver une brèche dans la frontière, on n'y est pas encore !

Il est effaré, le Mastodonte, et même vaguement indigné.

— T'vas m'faire croire qu'la Grèce touche la Bulgarie, sans blague ! C'est ben pour dire d'se fout' de moi !

— Tu lui voyais quoi, comme pays limitrophes, à la Grèce ? je demande par pure curiosité.

Le Gros hausse les épaules :

— Ben : l'Espagne et l'Algérie, c'te connerie ! Vraiment, y a des moments où ça t'amuse d'prendr' les gens pour des cons ! Tu d'vrais habiter Malines, gros malin ! Bon, en route ! Viens, ma poupoule, ajoute-t-il en saisissant Ivana par la taille, écoute-le pas car si tu comprendrais ce qu'y dit, tu d'viendrais chèvre, ce qui s'rait dommage av'c un cul pareil !

***

Il est trois plombes du matin lorsque, épuisés, nous décidons de marquer une pause au bord du chemin. Je me repère à l'Etoile Polaire pour choisir la bonne direction, ainsi procédaient, tout à fait jadis : navigateurs téméraires, pèlerins infatigables, gens d'armes conquérants et autres connards du même tonneau.

Donc, dis-je, nous accordons un peu de repos sur un talus en pente douce. Je n'ai toujours pas examiné le contenu de la boîte (en anglais, the box) laquelle est fermée à clé et que moi, au cours de ces échauffourées algaradeuses, j'ai paumé mon petit Sésame, mais rassure-toi : il m'en reste une demi-chiée à la maison, dans le tiroir de mon slip de cérémonie. Nous forcerons la cassette plus tard, rien ne presse. C'est notre viande qu'il s'agit maintenant de mettre en lieu sûr.

Et puis, tu vois, comme on est là, vautrés sur l'herbe mouillée, à reprendre haleine et à masser nos paturons aussi riches en ampoules que le grand lustre de l'Opéra, un camion s'amène, du fond de l'horizon.

Un véhicule avec remorque, énorme, massif, boulimique, et Diesel.

On n'a pas besoin de se consulter, Gradube et mézigue. La ruée ! Tu nous verrais, nous deux, lui, moi, nous, en travers de la route à gesticuler comme deux pantins articulés (la comparaison n'est pas de moi, je l'ai lue dans un beau livre de M. Robbe-Grillet, je crois qu'il me semble).

Le camionniste aperçoit quoi ? Un militaire et une grosse mémère, plus une jolie jeune femme pleine de frais nichons et de fesses. Etant inspiré de confiance, il freine.

Et alors, moi, je ligote sur la porte de la cabine, le merveilleux texte suivant : *Alberto Alberti Pescheria Via Roma GENOVA.*

Un Rital !

Et quel ! Tu croirais Victorio Grassmann, en plus jeune. Il écoute une cassette qui transforme la nuit bulgare en nuit napolitaine.

On parlemente, on s'explique un brin. Il vient de livrer à la Bulgarie des sardines italiennes en provenance du Portugal. Et il rentre au pays via la Grèce : Salonique, puis le barlu à Corfou. Une croisière d'amoureux, lui et son camion. Oui, il veut bien nous prendre jusqu'à la frontière grecque, mais à Mariostinovo, il sera obligé de nous larguer, vu que les gapians bulgares explorent son carrosse à la sortie et de telle qu'il ne pourrait pas sortir une cerise en contrebande.

On le gratule, le remercie d'importance, on lui promet qu'il pourra baiser Ivana en cours de route, vu qu'elle monte si volontiers au radada, désormais, qu'on est obligé de se mettre la bite sous le bras, pas qu'elle se sauve avec.

Jusqu'à Kazanlâk, le voyage se déroule sans incendie ni incident. Je reste allongé en compagnie d'Ivana, sur la couchette placée derrière les sièges et fermée par les rideaux. Délicate alcôve mobile, ma chère marquise, dans la touffeur capiteuse de laquelle je dois vous avouer commettre l'acte de chair (à saucisse) deux fois consécutives, avec la chère petite Bulgare de mon cœur.

Bérurier en concasse, bercé par les mélodies napolitaines que notre pote Alberto fait bouffecassetter intarissablement. Il les accompagne, en exquis baryton-basse qu'il est, le chevalier de la grand-route. *Ritorno a Sorrente !* Tu parles ! Mettez-m'en deux ! Tant pis s'il y a plus rien en first, je voyagerai dans le train d'atterrissage.

Mais brèfle...

Le jour se lève.

Puis il est levé. Un timide soleil frédéric darde sur la chère Bulgarie. Le conduc cesse de chanter pour aller compisser un cerisier dont le bord de la route est complanté. Et à ce moment, figure-toi qu'une voiture surgit qui ralentit à fure-mesure de sa venue sur nous, et il y a écrit quoi donc, chéri, sur ce véhicule ? Oui, mon ange : POLICE, bel et bien, en grosses vilaines lettres. Bébert s'arrête de licebroquer, secoue à peine zézette pour lui faire dire son dernier mot. Cette survenance des archers bulgares ne l'enchante guère. Les deux poulagas qui se trouvent dans l'auto se garent pile devant le camion et descendent de leur tire. L'un réclame ses titres de transport à notre pote italoche cependant que l'autre exige ceux de Bérurier.

Moi, planqué derrière le rideau, je suis la scène par l'écartement. Ce qui me permet d'assister à du beau boulot pur fruit, pur sucre.

Un coup de saton dans la margoule de celui des deux flics que j'ai appelé « l'autre ». Un coup de clé à molette sur la nuque de son copain qualifié de « l'un » faute de connaître son identité, et l'un et l'autre, deux bons petits diables, gisent sur le macadam (aux Camélias).

Le Rital est plus que consterné : affolé.

Il crie des « Ma qué ! ma qué' » Et puis des « Madonna ! ». Et il se signe, se contresigne, se soussigne avec des larmes dans les yeux, la voix, les gestes, le slip.

Moi, je me dis *in extenso,* ne rechignant

jamais sur le latin originel : à présent il va falloir faire face !

Et je fais.

— Tu diras que nous t'avons menacé, Alberto ! Regarde, on a des pétards, mate-les bien, tu pourrais les décrire.

Il regarde.

Et quand il a bien vu : la couleur, la marque, le calibre, je le fous K.O. d'un uppercut sensas à la pommette.

Après quoi nous le ligotons, ainsi que les deux bourdilles. Nous plaçons les poulets dans le camion un tantisoit frigorifique, Alberto dans la couchette où j'ai, par deux fois, répété-je, honoré (de Balzac, c'est évident), dame Ivana.

J'allume les feux de position du camion.

— Changement de véhicule, mes amours !

Nous cavalons jusqu'à la tire de police. Je fais grimper « ces deux dames » à l'arrière, je m'installe au volant, enclenche le phare gyroscopique, la sirène et je fouettecochère à une allure stupréfiante (de pigeon voyageur).

Ce qui suit, je l'appellerai si tu le veux bien (mais si tu ne le veux pas je m'en torche !) la chevauchée héroïque, dernier mouvement.

L'auto de police est une Djougatchvili huit cylindres à double carburateur. Je la pousse sans effort à cent cinquante et c'est pratiquement à cette vitesse que j'achève de traverser la Bulgarie de Bazanlâk jusqu'à Svilengrad. Tu parles d'un rallye, mon fils !

Les paysans planquent leurs miches en nous entendant surgir. Y a des bourrins jusque-là paisibles qui s'emballent après notre passage forcené. Dans les traversées de villages, c'est tout juste si je lève le pied.

Dans la charmante localité d'Ankulasec je renverse même une charrette à bras chargés de patates, ainsi que le brave vieillard qui usait ses suprêmes forces à la tracter.

Une tornade. Faut dire que je joue la montre.

Dans combien de temps découvrira-t-on le camionneur ligoté ? Et les flicards ? Chaque minute compte. Malgré l'étroitesse des routes et l'encombrement dans les bourgs, je parcours les deux cents kilomètres en moins de deux plombes.

Et ainsi donc, bon, bravo, nous parvenons à la ville frontalière de Svilengrad sans pébroques d'aucune sorte. Certes, on a doublé et croisé des militaires et des poulagas, mais eux-mêmes ont été médusés par mon allure et ma sirène. On faisait « extrême urgence » à un point qui intimait le respect et livrait le passage.

Parvenus dans les faubourgs de Svilengrad, je m'hâte de dissimuler la tuture sur un chantier de démolition, qui deviendra très bientôt un chantier de construction. Il est désert, et c'est peut-être because la pause de midi, mais je m'en tamponne le coquillard avec une patte d'alligator femelle en pleine ménopause plastique.

A présent, le plus difficultueux reste à accomplir : passer la frontière !

Où ? Quand ? Comment ?

Nous marchons dans le soleil tout à fait retrouvé. J'ai l'œil cloaqueux comme un mouchoir de catarrheux. Le Gros rumine on ne sait quoi de pas catholique. Ivana continue de nous suivre, docile comme la génisse que l'on conduit au taureau.

Je me demande ce que nous allons faire d'elle. Et quel va être son devenir ? Elle a tout plaqué, s'est mouillée jusqu'à la moelle. Si elle reste en Bulgarie, ce sera pour y passer des années en taule, non ?

Mais avant de trop se pencher sur son destin, il convient de bricoler le nôtre de manière à ce qu'il comporte une suite, pas vrai ?

Cheminant faisant, nous parvenons sur la place de la gare. Importante, elle est, celle de Svilengrad. Faut dire qu'elle sert de plaque tournante, puisqu'elle aiguille des trains en Grèce, et d'autres en Turquie.

— Si qu'on rentrerait r'nifler ? propose Béru.

— Humm, lui dis-je, ce n'est guère prudent, il y a toujours de la flicaille dans les gares.

Mais il est obstiné, Mister Mastoc.

— Ecoute, murmure-t-il, moi et la môme, on attire pas l'attention, vu qu'on est deux dames : la maman et sa grande fifille. Bien sûr, en compagnie d'avec toi on s'remarque davantage, alors attends-nous dans les gogues, là-bas. Moi et Ivana, on va voir c'qu'a moilien de moilienner. Quand j'aurai fini, j'ferai comme le dur : j'sifflerai trois fois !

Péremptoire, il biche le brandillon de notre valeureuse compagne tandis que je file aux tartisses, la fameuse boîte verte sous le bras.

Bouclardé dans des gogues malodorantes sur les murs desquelles des constipés ont écrit, au crayon, « Ruski go home » et des diarrhéiques, à la merde « Vive la Liberté ! » (en bulgare moderne), dans ces chiches, donc, j'entreprends d'opener le coffiot. Mais il est réticent, le bougre ! Serrure de haute sécurité, en boucanage triple, ignifusion valveuse. Drôle de bricole. Plus je mate cette fermeture, plus je la trouve singulièrement singulière ; si bien qu'il me vient le soupçon ci-joint : peut-être que Siméon a placé la partie « B » de son secret dans un coffret piégé qui exploserait et anéantirait son contenu si tout autre que lui cherchait à l'ouvrir ? Je flaire une combine de ce type. Il était bien trop méfiant, ce diable d'homme, et bien trop astucieux pour laisser son secret derrière soi, en cas de coup dur. Dès lors, me fiant à mon impression subconsciente, je renonce à forcer la mystérieuse boîte.

***

Et Béru siffla trois fois !

Je sortas de ma chlingante cachette, emportant un peu d'excrément bulgare à la semelle de mes souliers. La Grosse Bérurière sémaphorait à mon intention, au bout d'un quai de triage. Je l'y rejoignas. Elle me dit, jubileuse tout plein : « Acré, Mec (selon la formule des apaches de jadis), tout est paré pour la manœuvre.

— C'est-à-dire ? lui demandas-je.

Il me montrit une locomotive tout ce qu'il y a d'à vapeur.

— Le carrosse d'M'sieur l'Prince est avancé.

— ??????, fis-je.

Il s'expliquit.

— Les deux gonziers de la machine étaient en

manœuv'. Ivana les a terpelés et leur a causé en leur f'sant voir ses cuisses. Y z'y ont espliqué qu'la ligne de droite va t'en Grèce. Suffit d'un aiguillageage. Moi, m'connaissant comm' tu m'connais, j'ai dégagé les deux locomanes : poum et boum : menton-menton ! Y sont dans l'charbon. Et aftère, j'sus été causer l'même langage à l'aiguilleur, si bien qu'à présent la voie est lib' pour la Grèce. Si tu voudras t'donner la peine d'grimper, mon cher... Toi tu t'fous aux commandes, moi au charbon. Et à la frontière, on tire un mignon bras d'honneur aux gapians en guise de passeports, sans ralentir, œuf corse ! Mais qu' ça n't'empêche pas de faire siffler l'bidule pou' qu'y dégagent le passage, étant donné qu'on n'est pas v'nu ici pour les couper en rondelles !

ÉPILOGUES EN CASCADES ÉBLOUISSANTES. CE QUI SE FAIT DE MIEUX DANS LE GENRE.

Je prends ma Félicie dans mes bras de tendresse éperdue. La serre fort fort fort en déposant des mimis goulus sur les cheveux flous de ses tempes.

Elle rit d'aise.

— Attends, mon grand, il y a du monde qui vient d'arriver et qui demandait après toi !

— Qu'appelles-tu du monde ?

— Un monsieur et une dame, des gens très bien. Ils sont au salon.

Je m'y rends, intrigué, et ma surprise n'a pas de qualificatifs comestibles lorsque je découvre dans mes fauteuils ma visiteuse nocturne, celle de Venise, puis de Sofia, ainsi que son époux. Ce dernier se lève à ma venue. Il me tend une belle main fraîchement sortie de celles d'une manucure.

— Laurent Dévoux, se présente-t-il, import-export. Ravi de vous connaître, monsieur le commissaire. J'ai pu obtenir votre nom et adresse à l'hôtel *Varna* de Sofia. Figurez-vous que ma femme est intenable depuis cette séance amoureuse fâcheusement interrompue dans votre chambre, l'autre nuit. Mathilde est nymphomane, comme vous l'aurez peut-être remarqué. Quand un homme lui plaît, elle ne sait lui résister, ce qui ne l'empêche pas d'être une épouse exemplaire.

« L'étreinte de Venise lui a beaucoup, beaucoup plu, elle me l'a racontée. Mais celle de Sofia promettait davantage encore ; pour son équilibre et pour la félicité de mon ménage, je vous conjure de me la finir. Elle reste en manque, la pauvrette, et c'est très mauvais dans son état. Si vous pouviez vous occuper d'elle tout de suite, vous nous rendriez un grand service...

Je les regarde. Il est très gentiment persuasif, cet homme. D'une gentillesse complète. A preuve, il sort un paquet allongé de sa poche, finement emballé. Du raffiné.

— Nous avons pensé à vous exprimer notre reconnaissance en vous priant d'accepter cette montre Piaget, nouveau modèle, en or, bien sûr, puisque Piaget. Extra-plate, étanche, changement de fuseau horaire instantané, la seule à posséder la mémoire du temps exact.

Je reste, bras pendants, regard pendant, queue pendante, à me dire que c'est hallucinemment formidable, la vie. Et très beau. Choquant, parfois. Con, bien souvent. Mais si beau, bellissimo ! Merde !

Et pour me dépanner l'embarras, le téléphone carillonne. Je bredouille un « scusez-moi » et vais décrocher.

Le Vieux.

The Big Boss, joyeux, pétulant.

— Mon petit San-Antonio joli ? il flûtine. C'est vous, mon lapin ? Mon grand garçon ? Mon disciple surdoué ? Figurez-vous que ça y est. C'est fait ! voilà. Mathias a mis le mystère groggy. Un malin, ce rouquin. Dieu qu'il pue, mais Dieu qu'il est futé ! Ah ! le cochon ! N'oubliez pas de lui acheter le déodorant dont je vous ai parlé, vous verrez comme c'est efficace. La petite putain qui en usait : une merveille qui pratique la fellation comme jamais vu, avec accompagnement du médius dans le... Mais attendez, revenons à notre gentil Mathias .. Quelle décoration souhaite-t-il, au fait ? La médaille des Poilus d'Orient ? Le poireau ? Nous verrons. Je déteste distribuer des rubans. Quoiqu'il mérite une récompense... Figurez-vous qu'il a pu ouvrir assez rapidement, ma foi, cette fichue boîte. Vous aviez deviné juste : elle était piégée comme une auto de magistrat italien, mon petit vieux. Diabolique, votre Mathias, il te nous a neutralisé l'affaire en moins de deux. Ce que c'est dommage qu'il empeste pareillement ! Nul n'est parfait, c'est ce qu'il faut se dire. Quoi d'autre ? Ah ! Oh ! Oui ! Vous savez ce que contenait la boîte ? Vous le savez ? Vous en avez une quelconque idée ?

— Non, monsieur le directeur !

— C'est curieux de votre part. Moi, je me doutais de la chose. Je n'ai pas été surpris le moins du monde.

— Vous, vous êtes mon directeur, monsieur le directeur

Très juste, bien dit ! A l'évidence

même ! Bravo ! Je suis votre directeur. Alors je vais vous faire une confidence, en tant que tel, mon petit. Une toute grosse confidence. Chut ! Vous ne la répéterez à personne. Motus et bouche cousue, n'est-ce pas ?

— Evidemment, monsieur le directeur.

— La boîte contenait un appareil de projection pour diapos.

Les méninges m'en choient.

— Un appareil de projection ! ! !

— Exactement. Mais attention, attention, je rectifie le tir : pas n'importe quel appareil. Un spécial, très spécial, lentille particulière, travail suprême. Beau ! Jolie technique. Il faut l'œil en guise de cliché à projeter. Il est complémentaire de la lentille. Vous saisissez ? Vous pouvez comprendre cela, San-Antonio, bien qu'étant mon inférieur hiérarchique ?

— Je tente, monsieur le directeur.

— A la bonne heure ! Tentez, mon vieux, forcez-vous. Quand on le branche, l'appareil projette sur la plaque lectrice une liste de noms et d'adresses. Et vous savez de quels noms il s'agit ? Non ? Il ne sait pas ! Ne devinera pas. Inutile de vous dessécher la matière grise, mon petit bonhomme, ces noms, ces adresses, sont ceux de toutes les taupes soviétiques disséminées dans les pays occidentaux. Les toutes grandes, celles qui ont investi les gouvernements, celles qui occupent les postes-clés. Le gratin, quoi ! Les taupes d'élite ! Ah ! San-Antonio, disons-le sans jambage, je viens de réussir là le plus beau coup de ma carrière pourtant si riche ! Le plus extraordinaire. Nous allons fêter cela. Je vous invite à dîner à la Barrière Poquelin, Bérurier et vous, malgré que je fasse un régime. Je mangerai du poisson. On dit à Mathias de venir ? Allez, oui, on lui dit Mais qu'il achète le déodorant et qu'il se vaporise, hein ? D'ailleurs, nous le ferons manger à une autre table, par mesure de prudence.

***

Fête au village !

Le Vieux continue d'exulter. Il a reçu des compliments du Président en personne, et il en attend « de l'extérieur ».

A la table voisine, Mathias rayonne comme un Van Gogh sous un spot de mille watts. Il est à l'écart, mais à l'honneur. Il sait qu'il sera décoré d'un truc quelconque, très bientôt, et il déguste sa victoire en rêvant de revers.

— A propos, déclare Béru, t'sais qu'j'ai casé la môme Ivana ? On la garde comme femme d'ménage, moi et Alfred le coiffeur. Elle ménagera tantôt chez lui, tantôt chez moi. La France semble y plaire beaucoup. Je m'ai occupé d'l'avoir des fafs pour résidencer. Tout est banco, grâce à m'sieur l'directeur qu'a bien voulu conférer son appuille. C't'une fille charmante, Ivana, fastoche. Ell's'entendra bien av'c Berthy.

Le repas est enjoué. Nous narrons nos péripéties au Vioque, avec force détails. Et il rit. Et il dit qu'il veut connaître Ivana ; des fois qu'elle pourrait venir lui épousseter le burlingue, temps à autre. A la fin, il déclare qu'on lui a donné envie de yogourt avec notre histoire. Comme il n'y en a pas à la carte de la Barrière Poquelin, il en envoie chercher. Un capricieux !

Et on esclaffe d'un rien un peu torchonnés que nous sommes étant donné le *Sainte-Croix du Mont* qui escortait le foie gras, et le *Cheval Blanc* qui accompagnait le pigeonneau.

Je louche sur ma tocante, car j'ai rendez-vous chez les Dévoux pour les remercier de ma montre étanche en or, avec fuseaux horaires encastrés.

Le Scalpé pioche dans son pot de yaourt (goût bulgare).

— Pourquoi n'en mange-t-on pas à tous les repas, déplore le Birbasse, c'est délicieux, et si bon pour la san...

Il se tait, intrigué.

Touille dans son pot avec sa cuiller, s'affole. Finit par en extraire une chose ronde, dégueulasse et dégoulinante.

Béru l'identifie aussitôt.

— Merde ! Mon râtelier ! égosille l'Impayable. Ça alors, pour un n'hasard, c'est un n'hasard.

Il l'essuie avec sa serviette, se le fourre presto dans le clappe et ajoute en désignant l'étiquette collée sur le pot :

— Comme quoi, v'voyez qu'c'est de l'authentique, m'sieur l'directeur : y vient bel et bien d'Bulgarie !

FIN

Achevé d'imprimer le 20 octobre 1980
sur les presses de l'Imprimerie Bussière
à Saint-Amand (Cher)

— N° d'impression : 1772. —
Dépôt légal : 4e trimestre 1980
Imprimé en France

PUBLICATION MENSUELLE